Adrien Doyon

De l'herpès récidivant des parties génitales

Anatiposi

Adrien Doyon

De l'herpès récidivant des parties génitales

Réimpression inchangée de l'édition originale de 1868.

1ère édition 2023 | ISBN: 978-3-38220-499-0

Anatiposi Verlag est une marque de Outlook Verlagsgesellschaft mbH.

Verlag (Éditeur): Outlook Verlag GmbH, Zeilweg 44, 60439 Frankfurt, Deutschland
Vertretungsberechtigt (Représentant autorisé): E. Roepke, Zeilweg 44, 60439 Frankfurt, Deutschland
Druck (Imprimerie): Books on Demand GmbH, In de Tarpen 42, 22848 Norderstedt, Deutschland

DE

L'HERPÈS RÉCIDIVANT

DES PARTIES GÉNITALES

Paris. — Imprimerie de E. MARTINET, rue Mignon, 2.

DE

L'HERPÈS RÉCIDIVANT

DES PARTIES GÉNITALES

PAR

LE DOCTEUR A. DOYON

Médecin inspecteur des eaux d'Uriage (Isère),
Président de la Société des sciences médicales de Lyon,
Membre correspondant de la Société impériale de médecine de la même ville,
de la Société d'hydrologie médicale de Paris ;
Membre titulaire de la Société d'anthropologie, etc., etc.

PARIS
VICTOR MASSON ET FILS
PLACE DE L'ÉCOLE-DE-MÉDECINE
1868

A

M. le Docteur Ph. RICORD

EX-CHIRURGIEN EN CHEF DE L'HÔPITAL DU MIDI
PRÉSIDENT DE L'ACADÉMIE IMPÉRIALE DE MÉDECINE
COMMANDEUR DE LA LÉGION D'HONNEUR, ETC.

Très-respecté maître,

Malgré sa modeste origine, le nouveau-né que je prends la liberté de vous adresser peut faire valoir quelques droits à votre faveur. Sans vous, sans vos admirables réformes, l'*herpès récidivant* figurerait sans doute encore parmi les produits qu'un préjugé aussi opiniâtre qu'absurde rapportait naguère à la syphilis. Daignez donc être le parrain de cet opuscule inspiré par vos recherches, et que vous offre respectueusement le plus humble mais non le moins fervent de vos disciples.

Dr A. Doyon.

AVANT-PROPOS

L'*herpes præputialis* constitue une affection très-commune, facile à diagnostiquer, difficile à guérir et redoutée surtout en raison de ses incessantes récidives.

Dans ce petit travail, j'ai essayé de porter la lumière sur les points restés obscurs. Aurai-je complétement réussi ?

Sans avoir la prétention de trancher toutes les questions importantes qui avaient été laissées sans solution jusqu'à ce jour, j'espère cependant avoir réuni des matériaux suffisants pour édifier dès à présent l'histoire de cette pénible indisposition. Les explications que je propose s'appuient bien plus sur l'observation clinique que sur le raisonnement.

Si je suis entré dans des détails minutieux sur la pathogénie et les causes de cette maladie, c'est parce que ces détails étaient nécessaires pour conduire à la découverte d'un traitement à la fois rationnel et efficace, pour justifier l'intervention des eaux d'Uriage et démontrer leur action curative alors que les autres médications employées jusqu'à ce jour étaient restées inefficaces.

DE

L'HERPÈS RÉCIDIVANT

DES PARTIES GÉNITALES

DESCRIPTION.

La maladie dont on va lire la description est à la fois ancienne et nouvelle. Elle existe depuis des siècles ; elle frappe des milliers de personnes pendant une notable partie de leur existence. Elle les tourmente au point de leur faire assiéger le cabinet des médecins avec une persévérance qui aurait dû être pour ceux-ci un avertissement suffisant. Et cependant c'est aux yeux de tous, cliniciens ou doctrinaires, une affection entièrement inconnue ; nulle clinique générale ou spéciale ne lui a jusqu'ici fait les honneurs même d'une mention sommaire, et, dans nos traités de pathologie comme dans le cadre de l'enseignement, elle attend encore sa place.

L'*herpès récidivant des parties génitales* est la quatrième, par ordre de fréquence, des maladies vénériennes que l'on observe. Elle vient, sous ce rapport, immédiatement après la blennorrhagie, la chancrelle (chancre simple) et la syphilis. Il est donc étrange que, au milieu des nombreux travaux dont cette branche de la science est l'objet, une maladie aussi commune n'ait inspiré aucune monographie. C'est cette lacune que je veux essayer de combler; et je l'entreprends en choisissant pour guide, à l'exclusion de tous autres moyens d'investigation, l'observation clinique. Ce sera là mon critérium unique, comme ç'a été mon point de départ : et je m'engage formellement à ne dire que ce que m'ont appris et mon expérience personnelle et les bienveillantes communications des principaux syphiligraphes de Lyon, mes très-estimés maîtres et collègues.

Après un accident vénérien primitif quelconque occupant les parties génitales, il se produit, puis se reproduit pendant plusieurs années, tous les deux mois environ, un groupe de vésicules d'herpès. Cette éruption apparaît dans un lieu ordinairement peu éloigné de celui qui a été le siége de l'accident primitif; chaque éruption a une durée moyenne de cinq à six jours et se termine spontanément, sans la moindre réaction fébrile, comme l'herpès vulgaire, par desquamation, sans laisser de cicatrice appréciable.

Reprenons l'un après l'autre chaque trait de ce croquis sommaire; et, pour parvenir à deviner la cause mystérieuse d'une aussi singulière affection, ne craignons pas d'insister sur le moindre détail de son histoire empirique.

Et d'abord l'antécédent obligé de l'*herpès récidivant* est une lésion vénérienne primitive. Hors de ce cas, jamais l'herpès que nous étudions ne s'observe. Jamais on ne l'a vu, du moins avec les caractères énumérés ci-dessus, s'établir d'emblée aux parties génitales ou y succéder à une lésion simple, non vénérienne, telle que rétrécissement, hydrocèle, phimosis, paraphimosis. Pour qu'il y prenne domicile, il faut qu'il y ait été précédé par un chancre mou (chancrelle), par une blennorrhagie, ou par un chancre syphilitique (chancre).

Mais chacune de ces trois lésions ne possède pas, comme cause productrice de notre herpès, une influence égale. Il est d'observation qu'on le voit beaucoup plus souvent succéder à une chancrelle qu'à une blennorrhagie, et beaucoup plus souvent à une blennorrhagie qu'à un chancre.

Or, de ce fait d'observation, je tire, en passant, trois conséquences :

1° La blennorrhagie étant, et de beaucoup, plus fréquente que la chancrelle, si chez les malades atteints d'herpès l'on trouve plus souvent la seconde que la première pour antécédent, cette disproportion prouve indubitablement la force remarquable que la chancrelle possède pour développer à sa suite l'herpès.

2° Les lésions qui n'infectent pas la constitution (chancrelle, blennorrhagie) sont celles qui occasionnent le plus d'herpès : la lésion qui infecte, la seule qui infecte (le chancre), n'en occasionne que très-rarement, notion dont on comprend immédiatement l'importance en clinique.

3° Enfin l'accident le plus abortible, celui dont on a, le plus souvent, par les caustiques ou les astringents, l'occasion d'enrayer la marche (la chancrelle), est celui qui s'accompagne le plus fréquemment d'herpès : la lésion inabortible par excellence (le chancre) n'en est jamais suivie. — Mais n'anticipons pas sur les conséquences de ces données et revenons à l'histoire empirique de cette affection.

Dans la plupart des cas, c'est de deux à trois septénaires, après la fin de la lésion primitive, après la cicatrisation de la chancrelle, par exemple, que naît la première éruption d'herpès. Celle-ci est ordinairement assez mal caractérisée. Située sur l'endroit ou très-près de l'endroit qu'occupait la lésion primitive, apparaissant sous forme d'érosion, de coupure, de simple rougeur, presque tous les malades la prennent surtout à son début, pour une récidive, pour un *nouveau* chancre. Le médecin, au contraire, a de la tendance, lui, à n'y voir qu'une déviation accidentelle, passagère et insignifiante du travail de cicatrisation.... Bref, ce premier herpès ébauché s'efface, et l'on en a perdu le souvenir lorsque, dix semaines ou deux mois après, survient une seconde éruption mieux caractérisée.

Celle-ci s'établit sur l'un des points de la région d'*élection* que la maladie, durant tout son cours ultérieur, c'est-à-dire durant des années, ne doit plus guère abandonner : après la chancrelle, c'est dans un cercle de 2 centimètres de rayon à peu près autour du siége de l'ulcère primitif, pris pour centre, que les jetées de la fluxion herpétique se concentrent ensuite. Il est à remarquer, d'ailleurs, qu'une chancrelle de la muqueuse est plus fréquemment le point de départ de la complication d'herpès qu'une chancrelle située sur la peau. Il faut noter encore que plus on s'éloigne du début de la maladie, et plus les manifestations herpétiques ont de tendance à abandonner la région où elles avaient d'abord paru se circonscrire. Mais parmi tous les points où elles se portent, le repli balano-préputial est chez l'homme celui qui est le théâtre préféré de leur évolution, de leurs répétitions incessantes.

Ainsi après une chancrelle du reflet balano-préputial ou de la fourchette, les herpès se fixeront pendant six, huit, dix mois, au reflet, à la vulve ; puis plus tard ils pourront s'étendre jusqu'au fourreau, jusqu'au pénil, mais sans jamais cependant aller plus loin, sans se porter hors la sphère génitale. Ceci est de règle.

J'ai dit que l'herpès revient tous les deux mois. C'est, en effet, approximativement, le terme que l'observation m'a révélé, que le rapport des malades m'a appris. Toutefois ce terme habituel n'est rien moins que la règle. Il varie d'abord avec l'ancienneté de la maladie, ses accès devenant plus espacés à mesure qu'on s'éloigne de l'époque de sa première apparition. Il varie aussi suivant la constitution, suivant le tempérament des sujets, suivant les modifications possibles de leur santé pendant que dure l'herpès : il varie surtout suivant leurs habitudes. Ainsi un excès de boisson (principalement de bière et de vin blanc), quelques nuits de veilles, une marche forcée, la nourriture excitante des tables d'hôte, l'omission des soins de propreté, des érections prolongées peuvent amener une récidive d'herpès.

Mais de toutes les causes occasionnelles, la plus influente sans contredit est le coït, et surtout le coït avec une femme nouvelle. Tous les spécialistes le savent, parce que tous les malades le leur ont répété, des rapports habituels avec la même femme sont, quant à la reproduction de l'herpès, parfaitement innocents, et d'autant plus innocents que ces rapports sont moins espacés. Ce n'est là, du reste, qu'une application de la *loi d'acclimatation*, loi si habilement découverte, si ingénieusement commentée par notre maître Ricord, loi qui, en éclairant l'étiologie de certains écoulements génitaux, a élucidé tant de faits jusqu'alors inexpliqués, dissipé tant de causes de discorde dans les ménages les mieux unis.

Il va sans dire que l'adjonction de quelques-unes, de plusieurs de ces causes, telles que les réalisent certaines nuits passées ailleurs qu'au lit, portent à une puissance double ou triple le degré de la prédisposition de l'individu au retour de l'herpès.

Mais il faut le noter, ces causes accidentelles, avec quelque force qu'elles agissent, en quelque nombre qu'elles soient groupées, ne suffisent pas à remplacer la prédisposition intrinsèque, celle qui résulte du temps plus ou moins long depuis lequel la dernière attaque d'herpès a paru. Comme pour les éruptions furonculeuses, comme pour les érysipèles périodiques des vieillards, comme pour les amygdalites de l'adolescence, il suffit qu'un certain temps se soit écoulé depuis la dernière poussée pour qu'on soit en droit d'en prévoir une nouvelle. Dans de telles circonstances, un écart passager de régime, un bog, une érection inopportune, un rien détermineront la poussée herpétique chez le sujet qui n'en avait pas eu depuis deux mois, tandis que celui qui vient d'être atteint bravera impunément les influences irritantes les plus durables, les plus répétées. C'est un tribut à payer, c'est en quelque sorte un besoin de la nature qui veut être satisfait ; et, ainsi que pour toutes les créances, lorsqu'on a payé on est quitte pour un certain temps. Notons, chemin faisant, la sécurité que cette notion peut donner aux malades ; il ne faut pas la dédaigner, elle est souvent le seul baume que le médecin soit à même de verser sur leurs inquiétudes renaissantes.

Il est curieux, à ce sujet, d'observer et l'individualité parfaite de notre herpès, comme espèce pathologique, et l'influence que les maladies intercurrentes peuvent exercer sur son cours. Ces deux notions seront mises en pleine lumière par les détails de l'observation suivante :

Obs. 1. — M. G..., de Lyon, âgé de vingt-cinq ans, d'un tempérament lymphatique, a eu à différentes époques des éruptions diverses à la peau et notamment un acné simplex de la face, qui persiste encore au moment de son arrivée à Uriage. Il y a aussi chez ce malade, m'écrivait le savant confrère qui me l'adressait, « des écoulements blennorrha» giques qui sont passés à l'état chronique et notam-

» ment une blennorrhée que j'ai combattue longtemps
» sans succès, qui était peut-être due à un développement d'herpès du canal, et qui a fini par disparaître spontanément. Les herpès que je vous signale sont extrêmement douloureux, très-larges, très-enflammés; ils ont amené une fois une adénite qui a suppuré et dont vous verrez encore les traces. »

Chez ce malade, les herpès duraient depuis plusieurs années (quatre ou cinq environ) et revenaient toutes les trois ou quatre semaines et avec une intensité exceptionnelle. Dans ce cas même, ils ont déterminé un accident (bubon suppuré) que je n'ai jamais eu occasion d'observer. Accident tellement rare que, sans la déclaration de mon savant confrère j'aurais été porté à croire qu'une chancrelle intercurrente était seule responsable de cette adénite suppurée. Bien que M. G... fût entaché d'une manière très-prononcée de la diathèse dartreuse dont les manifestations s'étaient antérieurement et à plusieurs reprises produites sur différentes régions du corps, ce n'est cependant que peu de semaines après la guérison d'accidents vénériens (chancrelle et blennorrhagie) que la première jetée d'herpès a lieu. A partir de ce moment, les traitements les plus rationnels ont été impuissants à rompre ce mouvement fluxionnaire. Une première saison à Uriage amena, il est vrai, une certaine amélioration, mais ce ne fut que l'année suivante, et encore après une saison de quarante à cinquante bains, qu'il fut possible de triompher d'une indisposition dont la fréquence et l'intensité constituaient une véritable infirmité.

Il est bon de faire observer qu'ici, malgré une prédisposition dartreuse des plus accusées, les récidives de l'herpès se produisirent toujours sous la forme caractéristique que nous avons décrite, et si les exulcérations qui leur ont parfois succédé ont eu une durée anormale, jamais cependant il n'est survenu une autre variété d'affection cutanée ; en un mot (et ceci à mes yeux est une loi), l'herpès génital récidivant *ne se transforme pas*.

Un autre fait digne de remarque, et que j'ai été à même de constater chez notre malade, est le suivant : Ayant contracté une deuxième blennorrhagie, il vit les poussées herpétiques déjà en pleine vigueur subir un temps d'arrêt très-évident pendant toute la durée de la période aiguë de la blennorrhagie ; mais une fois ce moment passé, ils se montrèrent de nouveau avec la même fréquence et la même énergie que précédemment.

Pour l'herpès comme pour les véritables lésions

vénériennes, il faut toujours tenir compte de la *simultanéité*, dont M. Rollet a montré avec tant d'à-propos et tant d'ingéniosité les conséquences pour la thérapeutique ainsi que pour la classification des maladies cutanées, vénériennes et syphilitiques. Ainsi, chez un autre jeune homme sujet à un érythème habituel du prépuce, il était en outre survenu des plaques d'herpès préputialis, parfaitement distinctes des rougeurs antérieures; leur première apparition remontait à trois ans et avait paru succéder à une chancrelle.

Les eaux, employées suivant les règles que j'indiquerai plus loin, firent cesser après une seule saison, et ont fait cesser jusqu'à présent, cet herpès génital.

La durée de chaque éruption est de cinq jours, comptés à partir de la démangeaison qui en annonce le début jusqu'au moment où il n'y a plus qu'une desquamation sèche et indolente. Ce terme de *cinq à six jours* se retrouve dans la bouche de tous nos clients. Il est, on peut le dire, caractéristique de la maladie, et fort précieux pour le diagnostic rétrospectif. Que de fois un vénérien rongé d'inquiétudes ne m'a-t-il pas dit, les yeux hagards : « Docteur, je » dois être certainement infecté, car j'ai eu jusqu'à » cinq fois des chancres dans ces derniers temps. »

Moi je lui répliquais simplement : « Ce que vous ap- » pelez *chancres* ne durait pas plus de cinq ou six » jours, n'est-ce pas? » — « Oui, docteur. » Et dès lors, éclairé moi-même, j'étais en mesure de le rassurer, de l'édifier sur la parfaite bénignité de ces prétendus chancres !

Ce terme peut cependant être dépassé. Nous allons en voir un frappant exemple :

Obs. 2. — M. S. T..., homme de trente-six ans, récemment guéri d'une chancrelle contractée avant son mariage, m'en a offert le triste exemple. Très-pieux, ne cohabitant, — j'en suis certain, — qu'avec sa femme, également très-pieuse, il voyait tous les deux mois survenir au même point vers le limbe, des vésicules qui bientôt faisaient place à de véritables ulcères de 10 à 12 millimètres de diamètre. Ces ulcères avaient, moins la profondeur, la plupart des caractères de la chancrelle; ils duraient une quinzaine de jours. Mais comme j'en ai plusieurs fois inoculé le pus sans succès, comme, d'ailleurs, il serait ridicule de supposer que, contre ses dénégations formelles, contre toutes les vraisemblances, cet homme, pendant près de dix-huit mois que je l'ai observé, s'exposât tous les deux mois à contracter de nouvelles chancrelles, il faut bien admettre que c'étaient là de véritables herpès à durée tout à fait insolite. Notons que sa femme avait une leucorrhée des plus rebelles.

Je n'ai que très-rarement vu deux groupes de vésicules exister, à la même époque, sur deux points différents de l'appareil génital.

L'accès d'herpès ne s'annonce par aucun trouble de la santé, par aucun mouvement fébrile. Il a néanmoins un avant-coureur qui bien rarement fait défaut : c'est une sorte de démangeaison, ou plutôt une sensation de chaleur. Cette sensation n'est pas toujours, quoiqu'elle y soit plus intense, circonscrite au point que l'herpès doit envahir. Chez l'homme, elle occupe souvent la totalité du gland, y compris l'urèthre jusqu'à la fosse naviculaire. Plus d'un malade s'y est trompé et a pris pour signe d'une uréthrite commençante ce qui n'était qu'un prodrome d'herpès. Les vieux blennorrhagiques seuls ne s'y méprennent plus. Seuls ils savent bien distinguer la cuisson uréthrale, signe précurseur de chaudepisse, *cuisson qui ne se produit qu'après la miction*, d'avec l'endolorissement vague et *constant* qui accompagne l'invasion de l'herpès ; diagnostic assez important, car dans le premier cas, on pourrait, en méconnaissant le présage de la blennorrhagie, laisser passer le premier moment, seul opportun pour pratiquer l'injection abortive.

Bientôt la chaleur se concentre, se localise de plus en plus à l'extérieur, puis dans un seul point; elle se change en un simple prurit, quelques rougeurs apparaissent, leur centre devient papuleux, puis vésiculeux; l'herpès est établi.

L'accès en lui-même n'a pas la moindre gravité; c'est un mal presque sans douleur, à peine incommode. Un peu de chatouillement, de sensibilité au frottement, à la pression. Aucune fonction, ni la marche, ni la miction, ni l'érection ne sont entravées; et l'ennui que cette petite fluxion peut causer au malade est d'autant plus supportable qu'il sait, par expérience, que, en quelques jours, tout sera fini.

Mais tout sera fini..... pour recommencer un peu plus tard; voilà ce qui le désole; voilà, — même sans compter les fausses et effrayantes idées qu'il se forge parfois sur la nature du mal, — voilà ce qui lui rend ce mal si pénible. On a souvent dit qu'une série de piqûres d'épingle est plus intolérable qu'une souffrance véritable : c'est tout à fait le cas de l'herpès. Jugez-en par le tableau suivant, portrait fidèle et portrait banal de presque tous les malheureux soumis à de pareilles épreuves.

Obs. 3. — A propos d'un malade M. L..., qui m'était adressé par un de mes distingués et chers confrères, M. le docteur Philipeaux, de Lyon, se trouvait cette mention : « Ce malade a l'imagination » encore plus frappée que le gland et le prépuce. » Malgré toutes mes recommandations, tous mes » efforts, il se donne un mal affreux pour combattre » des récidives qui se manifestent avec une persi- » stance fâcheuse. »

En effet, M. L... m'apprit que depuis trois ans, et peu de mois après la guérison d'un chancre simple du gland, il lui était survenu une petite éruption sur la muqueuse balano-préputiale, éruption à laquelle il n'avait d'abord attaché qu'une médiocre attention et dont la guérison avait eu lieu spontanément après un ou deux septénaires. Mais six semaines ou deux mois après, une nouvelle jetée était survenue dans la même région et avait présenté des caractères semblables à ceux qui avaient accompagné la première éruption. Depuis lors, toutes les sept ou huit semaines, sans cause occasionnelle bien appréciable, M. L... voyait apparaître en un point de la muqueuse balano-préputiale un petit groupe de vésicules ayant tous les caractères que j'ai signalés ci-dessus, et dont le retour périodique et incessant avait au plus haut point préoccupé son esprit. Ses inquiétudes s'étaient, du reste, accrues en raison de l'impossibilité où il s'était trouvé d'enrayer des récidives qu'il considérait comme le témoignage incontestable d'une intoxication profonde, d'une syphilis rebelle contre laquelle il avait employé à diverses reprises les dépuratifs les plus vantés. M. L..., d'un tempérament lymphatique, avait eu, dans son enfance, des éruptions probablement impétigineuses de la face et du cuir chevelu, et au moment où il se présentait à mon observation il conservait encore des plaques de pityriasis capitis.

C'est dans ces conditions que M. le docteur Philipeaux m'adressa ce malade, très-préoccupé de son état, qu'il considérait comme incurable et comme devant lui interdire à jamais les joies de la famille.

Je soumis ce malade à un traitement très-complet : bains d'eau minérale, eau en boisson à dose purgative, etc... Et ici Uriage guérit à la fois, comme c'est en pareil cas son habitude, et la maladie réelle et la maladie imaginaire.

D'ailleurs, je le répète, pas la moindre réaction fébrile, viscérale ou sympathique. Il faut notamment remarquer, — car c'est encore là un élément important du diagnostic, — que jamais, à aucune période de la fluxion, les ganglions lymphatiques correspondants ne sont compromis.

Ni par le fait de l'accès, ni par le fait de leur

reproduction, quelque durable et répétée qu'elle soit, je n'ai jamais vu la santé générale subir la moindre atteinte appréciable.

L'herpès non traité finit-il par cesser? Ceci est un point que la ténacité même de la maladie contribue à laisser obscur. Car, lorsqu'un malade ne se représente plus dans notre cabinet, est-ce parce qu'il a guéri ? N'est-ce point plutôt parce qu'il se sera lassé de suivre des médications impuissantes?... Voilà ce qui demeure forcément douteux. Ce qu'il y a de vrai, toutefois, c'est que, à moins de nouveaux accidents vénériens venant leur donner une nouvelle impulsion, les manifestations de l'herpès vont en s'éloignant, en s'affaiblissant.

Mais pour réaliser cette atténuation, il faut un temps considérable, il faut compter, non par mois, mais par années. L'observation suivante donne la mesure de ce que les malades peuvent espérer sous ce rapport.

Obs. 4. — « C'est affaire à vous, mon cher con-» frère ! Voici un herpès de trente ans de date, et le » porteur parle de se suicider ! » Telle est la note cachetée que me remit, au mois de juillet 1860, un malheureux herpétique qui venait de consulter un de nos plus éminents spécialistes lyonnais. Agé de cinquante-cinq ans environ, M. H... avait eu toute sa vie traversée par des herpès dont les récidives continuelles l'avaient plusieurs fois plongé dans le désespoir, comme il l'avait dit à l'honorable confrère qui me l'adressait, et comme il me le répétait à moi-même.

Voici en deux mots son histoire. Né de parents manifestement dartreux, il avait eu, dans son enfance, des jetées impétigineuses au cuir chevelu et à la figure. D'un tempérament très-lymphatique, il avait présenté des engorgements cervicaux et une otorrhée assez persistante. Vers l'âge de vingt-deux ou de vingt-trois ans, il contracta un chancre et une blennorrhagie qui guérirent après un traitement simple. Quelques mois après, il aperçut pour la première fois une plaque d'herpès sur le prépuce; ce fut une éruption simple, qui guérit sans aucune médication. Mais depuis ce moment, et cela pendant trente ans, il n'a pas cessé d'avoir plusieurs fois chaque année des éruptions circonscrites sur le gland ou sur le prépuce, et cela malgré les traitements les plus rationnels et même les plus extraordinaires. Voyant que la médecine était impuissante à enrayer les récidives de cette désolante affection, il s'était jeté entre les mains des charlatans et avait successivement suivi toutes les médications dépuratives et spécifiques, patentées ou non, que lui offrait chaque jour la quatrième page des journaux. Non-seulement l'herpès récidivait toujours, mais depuis un an environ, et cela sans cause appréciable, les plaques dartreuses, qui autrefois s'éteignaient en quelques jours, persistaient pendant un temps beaucoup plus long, un mois environ, sous forme d'exulcérations légères. Malheureusement la durée nouvelle subie par chaque poussée du mal n'avait en rien diminué leur fréquence.

C'est dans ces conditions qu'il se décida à suivre le conseil de son médecin et à venir essayer si les eaux d'Uriage pourraient donner, malgré l'ancienneté du mal, un résultat sinon complet du moins avantageux.

Le traitement fut régulièrement suivi. Pensant qu'il était nécessaire ici de détourner une fluxion vicieuse en la dirigeant sur un autre point, j'insistai tout particulièrement sur l'emploi de l'eau d'Uriage à dose purgative. Tous les deux jours ce malade prenait, le matin à jeun, cinq à six verres d'eau minérale; le lendemain, deux ou trois demi-verres, et chaque jour un bain tiède. Le traitement fut ainsi continué pendant trente à trente-cinq jours.

Un mois environ après son départ, il eut sur le prépuce une nouvelle jetée herpétique, dont la durée ne dépassa pas huit à dix jours. J'ai revu ce malade sept à huit mois après; dans cet intervalle, il avait eu encore un nouvel herpès preputialis; il me dit qu'il reviendrait à Uriage dans le courant de l'été, et depuis cette époque je ne l'ai jamais revu.

Dans ce cas, il y a eu, au moins momentanément, une amélioration très-évidente; mais il est facile de comprendre que ni une seule saison, ni une saison de trente à trente-cinq jours ne peuvent suffire pour triompher d'une habitude aussi ancienne, et surtout pour combattre avec succès une diathèse dartreuse dont les jetées herpétiques n'étaient que la manifestation.

De cette observation on peut encore déduire une conclusion pratique, que nous développerons du reste plus loin, savoir : que dans les herpès preputialis entretenus par une affection dartreuse ancienne bien évidemment préexistante à l'affection génitale, il importe de continuer beaucoup plus longtemps le traitement hydro-thermal.

DIAGNOSTIC.

Le diagnostic de l'herpès comprend deux objets bien distincts : l'étude des lésions, *de nature différente*, qui peuvent être prises pour lui, et l'étude des lésions qui, quoique différant d'aspect, sont *de même nature que lui*. Il importe sans doute beaucoup de le distinguer des premières ; mais il y aurait tout autant d'inconvénient à le séparer des secondes, car il s'en rapproche tellement au point de vue, soit thérapeutique, soit étiologique, qu'on peut dire qu'il ne fait qu'un avec elles. Commençons par ces dernières lésions.

I

Sous l'effet de la même influence qui produit l'herpès, c'est-à-dire après un accident vénérien primitif, il peut se manifester certaines autres formes d'irritation du tégument génital, cutané ou muqueux, formes qui, quoique n'ayant pas l'apparence de l'herpès, lui ressemblent cependant en ce qu'elles procèdent de la même cause, ont le même caractère de chronicité, souvent de périodicité, et sont tributaires des mêmes moyens thérapeutiques. Il est bien entendu que la forme *herpès récidivant* est de beaucoup la plus fréquente. Mais les autres ne doivent point pour cela être négligées ; car elles ne sont pas un moindre objet d'embarras pour le nosologiste, d'alarmes et d'effroi pour le patient. Étudions donc chacune de ces formes, telle que l'observation clinique nous les a présentées.

A la suite d'une lésion vénérienne quelconque (des chancrelles, le plus ordinairement), la membrane muqueuse des parties génitales acquiert parfois une susceptibilité morbide remarquable. Chez l'homme, sur le reflet du gland, chez la femme, entre les grandes et les petites lèvres, il y a comme un lieu d'élection où cette membrane, dans les circonstances mentionnées, devient rouge, ténue, sujette à se fissurer sous l'influence de la moindre cause et même sans cause. Les malades (les hommes) ne peuvent plus, disent-ils, voir une femme sans se *couper*. Ce n'est plus, comme dans l'herpès, un état intermittent, c'est une congestion permanente. Le bout du gland, l'angle péno-scrotal, la fourchette, le méat y participent quelquefois. Rien n'égale ordinairement la ténacité de cette affection, surtout lorsqu'elle attaque des sujets d'un certain âge, chez qui alors la diathèse dartreuse, se fixant sur cette région, donne à la muqueuse une minceur, une couleur d'un rose brillant, accompagnées d'un demi-prurit incessant. D'ailleurs son diagnostic séméiologique d'avec l'herpès est on ne peut plus facile : il suffit de remarquer que, ici, la lésion est permanente, tandis que dans l'herpès elle est intermittente. Du reste, cet état se complique parfois lui-même de véritables accès d'herpès, coïncidence qui suffit évidemment à les différencier.

Une autre fluxion qui naît assez communément sous l'action des causes de l'herpès est la balanite. Ici, comme pour l'herpès, il s'agit bien d'une lésion revenant par intervalles; sa durée, ses époques de réapparition sont les mêmes que celles de l'herpès, seulement elle occupe de plus larges surfaces et ne se manifeste que sous forme de plaques rouges, quelquefois très-superficiellement érodées et sécrétantes.

Ce ne sont là, je dois le répéter, que des formes peu communes, sous lesquelles se traduit l'influence morbide spéciale qui, plus souvent, donne lieu à l'herpès type, que j'ai décrit plus haut. Une autre forme plus rare encore, mais non moins réelle, est l'uréthrorrhée de l'extrémité du canal. Les malades ne s'y trompent pas : ceux qui s'observent de près, qui, après plusieurs épreuves, arrivent à connaître la nature de leur mal par la nature de leurs sensations, fournissent, sous ce rapport, au diagnostic des données d'une précocité étonnante et d'une justesse irrécusable. Pendant les vingt-quatre ou trente-six heures de prurit, bien reconnaissable, qui marque la période d'invasion de l'herpès, ils sentent ce même prurit spécial s'étendre à l'urèthre, depuis le méat jusqu'à la fosse naviculaire. Puis, après ce temps, ils voient sortir de l'urèthre quelques gouttes d'un liquide séro-muqueux. Or, cette sécrétion uréthrale qui coexiste quelquefois avec l'herpès, qui, dans d'autres cas, comme M. Boucaud en a cité un exemple (*Annales des maladies de la peau et de la syphilis*, 1858), existe seule, cette sécrétion morbide de l'urèthre ne dure jamais plus longtemps que l'herpès n'aurait duré, c'est-à-dire pas plus de cinq ou six jours, terme auquel elle s'éteint spontanément. Avis aux malades qui, mal instruits du peu de gravité de cet écoulement, lui opposent d'emblée les médications les plus violentes ! Avis à quelques praticiens qu'on entend assez souvent se féliciter d'avoir fait *avorter* un écoulement uréthral, qui ne demandait qu'à disparaître de lui-même en quelques jours !

II

Passons au second objet de notre diagnostic différentiel, aux lésions d'une autre nature que l'herpès, lésions qui, par leurs caractères objectifs, peuvent le simuler. Il suffit d'en examiner deux, les plus fréquentes et celles aussi dont le diagnostic est le plus important, savoir : les gerçures traumatiques et la chancrelle.

Le filet ainsi que le reflet balano-préputial, siége habituel de l'herpès, sont aussi le siége le plus ordinaire des gerçures traumatiques. Comme ces gerçures se produisent à l'occasion du coït, comme, irritées par les manœuvres de tiraillement, de pression auxquelles les malades se livrent pour les examiner, elles durent en général autant que dure l'herpès, cette égalité de durée, jointe au chatouillement qui accompagne, dans cette région, la moindre gerçure, pourrait les faire prendre pour un herpès. Mais tout, la forme en premier lieu et surtout, distingue ces deux lésions : leur durée identique, leur guérison spontanée pourraient seules les faire confondre par un malade inattentif ou par un observateur distrait.

C'est le chancre simple (chancrelle) qu'il importe le plus de distinguer de l'herpès. Ici il n'est pas indifférent d'établir de bonne heure le diagnostic; car s'il s'agit d'un herpès, on peut sans crainte le laisser marcher. S'il s'agit, au contraire, d'une chancrelle, il est aisé de s'en débarrasser immédiatement par la cautérisation abortive, de prévenir par là son extension, sa multiplication, sa transmission à autrui, ses déviations possibles, ainsi que la production du bubon. Mais pour atteindre ces buts divers, pour détruire d'emblée cet ulcère, il faut l'avoir reconnu dès son apparition. Or, justement, c'est ce diagnostic-là que, du moins au début de la chancrelle, il est le plus difficile de porter.

N'exagérons pas ces difficultés cependant. Lorsqu'un *bouton*, une rougeur, une papule apparaissent, sur le reflet du gland, je suppose, il est toujours possible, avec un peu d'habitude ou en s'en rapportant aux préceptes que je vais énoncer, de savoir s'il s'agit d'un herpès ou d'une chancrelle.

Je ne parle pas de l'inoculation. L'effet de ce procédé est certain, mais, dans le cas actuel, trop tardif pour être utile. Effectivement, ce n'est que trois jours après avoir inoculé la lésion douteuse que le résultat de l'inoculation permettrait de juger si elle est herpès ou chancrelle ; or, à ce moment, il serait déjà un peu tard pour appliquer avec succès la méthode abortive. Disons plus : au bout de trois jours, le cours naturel de la maladie aura fourni au médecin des éléments de diagnostic aussi sûrs que l'inoculation pourrait le faire; car, à cette époque, la physionomie de la chancrelle se dessinera assez tranchée pour n'être plus méconnaissable (1).

Il faut donc pouvoir juger dès le début et d'après les signes actuels seuls. Or, trois caractères sont propres à l'herpès, l'accompagnent dès et avant les premières heures, caractères qui manquent à la chancrelle. Ce sont : le prurit, puis le nombre et le mode de groupement des vésicules, enfin l'inflammation de leur pourtour. Étudions ces trois éléments de diagnostic.

Le prurit qui annonce une invasion d'herpès a quelque chose de spécial, de *sui generis*. C'est, pendant les quelques jours qui précèdent, une chaleur sourde mêlée d'une douleur gravative. Cette sensation, d'abord étendue à tout l'appareil pénien ou vulvaire, se circonscrit assez rapidement à l'endroit de cet appareil qui va être le point de décharge de la fluxion herpétique. Ajoutons que cette sensation est continue, avec des redoublements qui n'ont rien

(1) Quelques malades veulent qu'on leur cautérise immédiatement le moindre bouton suspect; et cependant ils ne veulent pas moins impérieusement, — à cause de *la recherche de la paternité* de ce bouton, — être fixés sur sa nature simple ou chancreuse. On peut satisfaire leurs deux désirs, contradictoires en apparence, en leur inoculant d'abord le pus de cette lésion, et en la cautérisant aussitôt après.

d'analogue aux élancements instantanés de l'uréthrite aiguë, mais qui, au contraire, se prolongent pendant une demi-heure ou une heure. Ces redoublements se déclarent tantôt spontanément, pendant le calme de la nuit, tantôt à l'occasion de la miction ou de l'érection. Le prurit diminue à mesure que l'éruption apparaît ; elle fait alors place à une simple cuisson qui ne se manifeste que lors d'un contact, d'un frottement avec la partie où siége la lésion.

Second caractère : L'herpès se compose toujours de vésicules agglomérées sur un espace très-étroit ; ces vésicules, en effet, sont à peine distantes les unes des autres de 2 à 3 millimètres. Dans le cas de chancrelle, il peut aussi exister plusieurs lésions, plusieurs points qui plus tard s'ulcèrent. Mais ces points sont éloignés les uns des autres, disséminés au hasard sur l'organe copulateur, sans aucune régularité de distribution, surtout sans être groupés sur un étroit espace.

Enfin, troisième caractère : L'herpès est entouré d'un cercle inflammatoire. Et non-seulement le groupe a son aréole, mais chaque vésicule, elle aussi, a autour d'elle comme un petit ourlet rouge et tuméfié. — Dans la chancrelle, au début comme plus tard, il n'y a rien de semblable. Au delà du bord de l'ulcère, le tégument a son aspect normal, sans le moindre indice de phlegmasie.

Je mentionne pour mémoire deux autres signes propres à différencier l'herpès de la chancrelle, signes réels mais moins importants pour le *diagnostic d'emblée*, dont nous énonçons en ce moment les règles. Jamais l'herpès ne s'accompagne de bubon, pas même d'un engorgement ganglionnaire inflammatoire (1); jamais la sécrétion de l'herpès n'est contagieuse.

Parlerai-je du diagnostic entre l'herpès et les plaques muqueuses?... Il le faut bien, puisque certains auteurs disent qu'on peut confondre entre eux ces deux états pathologiques. Eh bien! la plaque muqueuse est large, aplatie; elle soulève l'épiderme ou l'épithélium en le plissant, et non en en faisant une vésicule; le liquide séreux qu'elle sécrète s'exhale de toute sa surface et n'est jamais réuni en foyer. Elle a son odeur spéciale; elle se forme avec lenteur, sans cuisson; elle ne disparaît, spontanément du moins, qu'avec une lenteur extrême. Ajoutons que la plaque muqueuse sur le pénis est très-rare, et que lorsqu'il en existe là, on en trouve toujours ailleurs, au gosier, surtout, quelques autres dont la coexistence ne laisse au praticien le moins expérimenté aucun doute sur la nature spéciale, virulente, de la lésion.

(1) Ce qui diminue la valeur de ce signe, c'est que beaucoup de chancrelles ne s'accompagnent pas non plus de bubon.

HISTORIQUE.

Qu'est-ce donc que l'herpes preputialis ? Problème fort peu étudié jusqu'à ce jour, et qui mérite cependant toute notre attention, en raison soit des sérieuses et vives inquiétudes que sa présence jette dans l'esprit de beaucoup de malades, soit du silence non moins inexplicable gardé sur ce sujet par tous les écrivains médicaux, même spécialistes.

Du petit nombre d'auteurs qui en ont parlé, la plupart se bornent à consacrer à sa description une mention sommaire. Quant à son point de départ, ils attribuent cette éruption à diverses causes.

Pearson pense que cette affection peut être occasionnée par l'usage des préparations mercurielles. (Or, justement on ne commence à l'observer un peu fréquente que depuis l'époque où il n'est plus d'usage d'administrer du mercure contre celle des maladies vénériennes à la suite de laquelle on la voit le plus ordinairement apparaître, c'est-à-dire la chancrelle.)

Copeland assure qu'elle est quelquefois symptomatique d'une phlegmasie ou d'un rétrécissement du canal de l'urèthre. — Autre étiologie imaginaire.

Évans et Plumbe affirment, au contraire, que le plus souvent son existence est liée à une affection des organes digestifs. — Il y a bien là quelque vérité; mais l'influence de ce trouble, influence que nous avons constatée plusieurs fois nous-même, contribue plutôt à entretenir l'herpès qu'à le faire naître.

Selon Rayer, l'excitation continuelle des organes de la génération, le contact des fluides sécrétés par le vagin ou l'utérus atteints d'inflammation chronique sont, de toutes les causes assignées à cette maladie, celles dont l'influence lui paraît la mieux démontrée. — Ce que dit là Rayer est vrai, si l'on veut le faire servir à expliquer la cause occasionnelle de chaque poussée de l'herpès; mais il n'en est plus ainsi, comme nous le démontrerons dans un instant, s'il s'agit de la cause intime de l'herpès récidivant.

Rayer dit également avoir vu cette affection se produire plusieurs fois sur un même individu; mais il se borne à cette seule remarque; encore la mention spéciale qu'il en fait semblerait-elle prouver que, aux yeux de notre illustre confrère, ce trait, — qui est le caractère pathognomonique de l'herpès, — était une rareté digne de toute son attention.

Dans la *Revue médicale* de juin 1830, page 455, le docteur Bartels écrit que les rétrécissements calculeux de l'urèthre, chez l'homme, sont une des causes de l'herpès preputialis. « Parfois, dit-il, la membrane » interne de l'urèthre est resserrée et plissée autour » du rétrécissement, ou bien elle a acquis plus » d'ampleur au devant ou en arrière, ou enfin toute » la région est un peu enflammée, ce qui donne fré- » quemment lieu à des excoriations et exanthèmes » au gland ou à la peau, quelquefois à l'herpès pre- » putialis de Bateman, et souvent aussi à une sécré- » tion abondante de liqueur prostatique, qui s'observe » parfois dans l'urine sous la forme de petits fila- » ments ronds. » — A moins d'une coïncidence dartreuse, purement accidentelle, il ne peut s'agir ici que de cet état de macération de la membrane muqueuse du gland et du prépuce par l'urine, état qui, chez les vieillards surtout, simule d'autant plus une maladie que, sa cause agissant incessamment, il devient permanent.

Un des savants syphiligraphes de Lyon, M. Diday, dans un travail publié dans la *Gazette médicale de Paris*, année 1846, page 303 (*Mémoire sur un état inflammatoire simple*, etc.), a le premier appelé l'attention des praticiens sur les fluxions intermittentes qui se développent sur le tégument des orifices muqueux, à la suite des accidents vénériens primitifs, fluxions qu'il distingue avec soin des lésions de syphilis constitutionnelle, avec lesquelles presque tous les malades et beaucoup de médecins les confondent.

Selon MM. Cazenave et Schedel (1), l'herpès preputialis est une variété de l'herpès phlycténodes, dont il ne diffère que par son siége. Les causes de cette affection, qui ne s'observent, disent ces auteurs, que chez l'adulte, sont : « le frottement des vêtements » de laine, certains écoulements chroniques du vagin, » l'action de cette matière qui est si abondamment » sécrétée entre le prépuce et le gland, lorsqu'on la » laïsse s'y amasser, peuvent déterminer le développe- » ment de cette éruption, qui le plus souvent apparaît » sans cause appréciable. Les rétrécissements de » l'urèthre, qui peuvent exister en même temps, sont » des accidents avec lesquels l'herpès ne paraît avoir » d'autres rapports que la présence simultanée. » Un traitement émollient est toujours suffisant pour faire disparaître cette légère affection. Cependant, dans quelques circonstances, ajoutent-ils, l'herpès pre-

(1) *Abrégé pratique des maladies de la peaur* 1828, p. 99.

putialis devenu chronique résiste aux moyens les plus énergiques. M. Biett en a vu plusieurs exemples.

On ne peut pas dire que MM. Cazenave et Schedel aient mal décrit l'herpès récidivant ; il serait plus vrai de dire que ce n'est pas lui qu'ils ont décrit. Tout, dans la courte indication qui précède, se rapporte à la balanite commune, et rien au véritable herpès récidivant. Il est surtout assez curieux de voir le contact de la flanelle, cause constante, *inhérente* s'il en fût, être accusé de produire une maladie essentiellement intermittente, et de la produire, — notons-le, — sur une région où ce contact ne peut pas s'exercer, sur la région balano-préputiale, région qui est plus particulièrement exposée à devenir le siége des herpès chez les sujets qui l'ont habituellement recouverte, non par de la flanelle, mais par le prépuce.

M. Devergie (1) décrit l'herpès preputialis comme une variété de l'herpès à grosses vésicules.

« Voici, dit-il, une maladie fort légère, et qui doit » cependant fixer toute l'attention du médecin au » point de vue du diagnostic et du traitement. Cette » affection se montre très-souvent chez des personnes » qui ont été atteintes d'accidents primitifs ou secon-

(1) Devergie, *Traité pratique des maladies de la peau*. 1854, p. 292.

» daires de la syphilis, et par conséquent chez des
» malades qui sont encore sous la préoccupation de
» la vérole. Or, cet antécédent et la persistance du
» mal peuvent bien souvent être pour quelque chose
» dans le diagnostic que le médecin porte de cette
» maladie; de sorte que malade et médecin qui ne
» connaissent pas l'herpès preputialis sont tous deux
» conduits à l'erreur du diagnostic, et, ce qu'il y a
» de plus fâcheux, ce dernier est amené à l'erreur
» thérapeutique.....

» ... L'éruption met sept à huit jours à se guérir;
» mais durant cette période de temps, ou quelquefois
» huit jours, quinze jours, trois semaines après, une
» nouvelle éruption d'herpès se développe, et ainsi
» de suite pendant des mois entiers... »

C'est alors que se soulève la question de cause syphilitique. On se demande si le traitement mercuriel a été suffisant, et bon nombre de personnes se traitent à nouveau, soit spontanément, soit avec le concours de leur médecin. C'est que ces éruptions ne sont garanties de récidive qu'à la condition que, durant six semaines à deux mois, le malade tiendra sa verge enveloppée d'un petit linge, qui évite ainsi tout frottement susceptible de réveiller la sensibilité qu'à sa suite et après sa guérison laisse la préputiale....

Évidemment, M. Devergie a vu le véritable herpès génital récidivant; mais, évidemment aussi, il ne l'a pas regardé d'assez près. D'abord, il n'en admet l'existence que chez des sujets « qui ont été atteints d'accidents primitifs ou secondaires de la syphilis ». Or, nous savons qu'il est beaucoup plus commun à la suite de simples chancrelles. Cette première erreur a conduit M. Devergie à s'exagérer les difficultés du diagnostic entre l'herpès et la syphilis. Ces difficultés sont réelles, il est vrai, sont parfois insurmontables pour l'esprit prévenu du malade ignorant et terrorisé. Mais pour le médecin, elles n'ont rien de sérieux ; et d'ailleurs il a d'autant moins à s'en préoccuper que, comme nous venons de le dire, la syphilis et l'herpès ne coexistent presque jamais.

Nous dirons, dans le chapitre relatif à la *thérapeutique*, ce qu'il faut penser du petit procédé topique dont M. Devergie préconise tellement l'efficacité qu'il fait presque de l'infaillibilité de son succès un élément de diagnostic.

Gibert (1), après avoir décrit la marche de l'herpès preputialis, se borne à dire que la malpropreté, des causes irritantes locales, le séjour de l'urine

(1) Gibert, *Traité pratique des maladies de la peau et de la syphilis.* 3e édit., 1860, t. I, p. 217.

causé par un rétrécissement de l'urèthre, etc., peuvent favoriser le développement de cette affection, qui guérit d'elle-même lorsqu'elle n'est point exaspérée par un traitement intempestif.

Il nous est facile d'épargner la critique à cette appréciation succincte, qui, incontestablement, dans la pensée de M. Gibert, était relative à une affection toute autre que celle dont nous nous occupons ici.

M. Bazin (1) range l'herpès preputialis dans la classe des arthritides pseudo-exanthématiques vésiculeuses. Pour notre habile confrère, il ne forme qu'une variété du genre *herpès*, et ne présente de remarquable que le siége et le groupement de l'élément éruptif. Après avoir établi le diagnostic différentiel de l'herpès preputialis d'avec le chancre et la plaque muqueuse, le savant médecin de l'hôpital Saint-Louis se demande à quels caractères on pourra reconnaître la nature arthritique de l'herpès.

« On soupçonnera, dit-il, l'origine arthritique de » cette affection si elle survient périodiquement, si » elle est causée par les variations de température ; » si elle se montre sur les parties découvertes ou les » parties sexuelles ; si les vésicules ont un volume

(1) Bazin, *Leçons théoriques et cliniques sur les affections cutanées, etc.* 1860, p. 117 et suiv.

» inégal, ou si les unes renferment du pus et les autres
» simplement un fluide séreux ; enfin si les groupes
» vésiculeux sont accompagnés de picotements ou
» d'élancements plus ou moins vifs. Il n'est pas néces-
» saire de dire qu'on devra chercher encore des indica-
» tions dans l'examen des antécédents du malade. »

En écrivant une telle étiologie de l'herpès, M. Bazin n'avait sans doute nullement la pensée d'y rattacher les causes de production de l'herpès récidivant des parties génitales. Ces données étiologiques cadrent assurément à merveille avec la nosographie des autres variétés du genre herpès, mais elles ne sauraient nullement se rapporter à l'affection que nous étudions. Il en est évidemment de même des *variations* de température, qui n'exercent pas la moindre influence pour favoriser le retour de notre herpès. D'autre part, au point de vue analogique, on ne le voit point coïncider habituellement avec les autres manifestations de l'arthritis. Jamais, par exemple, il ne figure parmi les effets de cette disposition particulière, si souvent observée par les spécialistes, qu'ils ont appelée rhumatisme blennorrhagique.

M. Hardy (1) est le premier et le seul qui donne à

(1) Hardy, *Leçons sur les affections cutanées dartreuses, etc.* 1862, p. 108.

cette affection son véritable caractère : « La maladie » qu'on a improprement appelée herpès preputialis, » dit-il, n'est autre chose qu'une variété de l'ec-» zéma aigu ; elle dénote d'ailleurs, chez le sujet » atteint, ainsi que j'ai eu mainte occasion de m'en » convaincre, l'existence de la diathèse dartreuse, » qui ne tardera point à se révéler plus clairement » par des manifestations plus graves et plus nettes, » dont on ne saurait cette fois mettre en doute la » nature. »

Mais, néanmoins, est-ce réellement le même être pathologique que M. Hardy et moi avons en vue ? Le doute, sûr ce point, est bien permis. En effet, l'herpès, tel que nous le décrivons, a un caractère graphique essentiel : il est toujours constitué par un *groupe de quatre ou cinq vésicules distinctes*, ne se réunissant point par leurs aréoles, restant parfaitement reconnaissables pendant toute leur durée. Si M. Hardy mentionne une forme semblable à l'*eczéma*, forme dans laquelle d'imperceptibles et innombrables vésicules agglomérées se transforment promptement en une surface érodée sécrétante, c'est que ce n'est point notre véritable herpès récidivant.

Autre différence : Les démangeaisons de l'eczéma sont très-incommodes, persistent pendant toute sa durée ; celles de l'herpès ne sont réellement sensibles qu'à la période de début. Enfin, l'eczéma persévère au moins deux ou trois septénaires; l'herpès, ou du moins chacune de ses éruptions, ne dure que cinq à six jours.

En conséquence, il est permis de se demander si la maladie qu'un dermatographe aussi expert que M. Hardy a décrite sous le nom d'*eczéma* est bien réellement l'herpès récidivant.

Dans tous les cas, au lieu d'être, comme semble l'indiquer M. Hardy, une première manifestation dartreuse suivie ultérieurement d'autres manifestations plus graves et plus nettes, l'*herpès génital récidivant* a ordinairement été précédé de quelques jetées dartreuses bien distinctes sur d'autres points de l'économie. Et, loin qu'il soit lui-même un indice révélateur de la diathèse, qui se traduira par d'autres éruptions sur tel ou tel point éloigné de la sphère génitale, ce sont, au contraire, ces éruptions-là, ayant paru antérieurement sur d'autres régions, qui éclairent le praticien sur la nature psorique de l'herpès génital.

Le professeur Hébra s'exprime ainsi au sujet de l'herpès, herpes progenitalis, præputialis ou pseudo-syphilitique (1) :

(1) *Maladies de la peau* du professeur Hébra. Erlangen, 1860, p. 251, traduites par le docteur A. Doyon, traduction qui doit paraître prochainement.

« Le plus souvent au prépuce, assez fréquemment » aussi au dos de la verge et au gland, non moins » souvent aux organes génitaux de la femme, aux » grandes lèvres et au mont de Vénus, par exemple, » apparaissent des vésicules agglomérées, groupées, » à contenu clair comme de l'eau, la plupart du » temps en petite quantité (souvent il ne se déve- » loppe qu'un groupe). Ces vésicules se produisent » subitement, précédées ou non, accompagnées » ou non d'impressions désagréables (douleur, brû- » lure); elles ne durent que quelques jours (si, en » se grattant ou en se frottant, le malade ne les » déchire pas), et, après la dessiccation de leur con- » tenu, elles se changent en croûtes minces, après » la chute desquelles on aperçoit la peau saine » ou quelque peu rougie. Lorsque le malade gratte » ces croûtes, ou lorsqu'elles apparaissent à la » face interne du prépuce, il reste une surface » excoriée, dépouillée d'épiderme ou bien recou- » verte d'un amas aplati et blanchâtre d'épiderme » macéré, qui a l'aspect d'un petit ulcère; mais » alors, dans tous les cas, après le dessèchement » de l'épiderme, ces amas se changent en croûtes » minces, et après leur chute on ne trouve point de » cicatrice.

» Bien que les caractères que nous venons d'as-

» signer à ces vésicules et à ces excoriations soient » tracés d'après la nature même, il ne faut pas se » dissimuler que le diagnostic de la maladie présente » parfois, dans la pratique, des difficultés, et que, » en fait, on ne peut affirmer dans chaque cas si » l'on a affaire à un herpès simple, à une affection » syphilitique, à des excoriations ordinaires ou » enfin à des ulcères chancreux. Les difficultés du » diagnostic ont conduit les syphiligraphes Hunter » et Ricord à établir l'inoculation comme base du » diagnostic.

» S'il était facile de différencier dans tous les cas » un chancre, un ulcère syphilitique d'un herpès ou » d'un ulcère non syphilitique, les auteurs que je » viens de citer n'auraient eu aucune raison d'établir » la réussite de l'inoculation et la production d'une » pustule comme condition *sine qua non* du dia- » gnostic du chancre. Mais je dois attirer l'attention » sur cette particularité, car l'expérience nous a » appris à différentes reprises que, sur ce point, l'er- » reur avait été commise *ex professo* par les syphi- » ligraphes eux-mêmes. La voie la plus sûre pour se » garder de l'erreur est sans doute l'inoculation; » toutefois, on peut arriver au but dans le même es- » pace de temps, et sans elle, si l'on a pour principe » de suspendre le diagnostic jusqu'à ce qu'une ob-

» servation attentive de la marche de la maladie ait » démontré que plusieurs phénomènes pathologiques » ont disparu sans laisser ni cicatrices, ni indurations, » — dans ce cas on a affaire à un herpès, — ou que » la cicatrisation exige un temps long, que l'exco- » riation ou petit ulcère conserve pendant longtemps » un mauvais aspect, ou qu'après la cicatrisation il » reste une base indurée; c'est par tous ces carac- » tères que se trouve caractérisée l'affection syphi- » litique.

» Quant aux récidives, il faut mentionner qu'elles » se comportent pour l'herpès progenitalis comme » pour l'herpès labialis ou facialis; que particulière- » ment il est des individus chez lesquels ce genre » d'herpès se montre quelquefois (cinq à six fois par » an) sans cause connue, et se répète ainsi plu- » sieurs années de suite avant de disparaître pour » jamais. »

Quant au traitement, comme quant au diagnostic, Hébra ne conseille pas, pour cette variété d'herpès, d'autre règle de conduite que l'expectation.

Plus la description qu'Hébra fait de l'herpès est saisissante, lumineuse, plus son tableau nous rappelle les toiles vivantes d'Arétée, et plus aussi nous sommes surpris d'avoir à y signaler l'omission, sur plus d'un point important, des données ainsi que des exigences de la clinique. Il nous sera facile de le prouver.

Ce n'est pas, en effet, au bout de quelques jours, après les phases plus ou moins douteuses d'une évolution plus ou moins lente qu'on a besoin d'un diagnostic précis. C'est au moment même de la consultation que le client le réclame ; et, à ce moment-là, nous l'avons vu, le praticien est toujours en mesure de le lui fournir. Nous n'avons jamais, quant à nous, trouvé entre l'herpès et la syphilis, voire même la chancrelle, des difficultés de différenciation aussi ardues qu'Hébra les allègue ; et il n'est presque jamais nécessaire, pour les surmonter, d'avoir recours à l'inoculation.

D'ailleurs, quoiqu'il laisse tous nos auteurs loin derrière lui pour la description de la marche d'une poussée de l'herpès, Hébra a totalement passé sous silence d'autres points non moins importants de son histoire, savoir l'exposé du cours entier de la maladie, le chapitre de l'étiologie et celui du traitement. — Nous ne saurions non plus partager son avis lorsqu'il avance que « les récidives de l'herpès » *preputialis* se comportent comme celles de l'herpès » *labialis* ou *facialis.* » Sans doute, l'analogie de dénomination indique que les choses *devraient* se passer ainsi. Mais, en fait, on voit bien rarement, — à part les cas de mentagre, — un groupe de pustules ou de vésicules s'acharner à reparaître, tous les deux ou trois mois, aux lèvres pendant plusieurs années, sans qu'aucune cause irritante soit venue chaque fois provoquer de nouveau cette fluxion.

ÉTIOLOGIE.

Quel est donc ce mal à la fois si redouté et si bénin, qui s'éteint spontanément comme la fluxion la plus simple et montre dans ses récidives l'opiniâtreté des diathèses les plus invétérées; ce mal qui, parmi les porteurs de chancrelle, de blennorrhagie, de chancre, en choisit quelques-uns et laisse les autres indemnes; ce mal qui peut se reproduire toute la vie sans jamais abandonner le siége où il a primitivement apparu?... Il est temps d'examiner toutes ces questions, qui, à la fois, commandent et dictent une réponse.

Établissons d'abord un point qui domine et éclaire le débat. A ne le juger qu'en lui-même, abstraction faite des antécédents qui se lient à lui et des craintes que ses manifestations provoquent, l'herpès, tel qu'on l'observe, tel que nous l'avons décrit, appartient à la classe des dermatoses, des dartres. Il avait déjà, sous le nom d'*herpès preputialis*, sa place dans tous les traités consacrés à l'étude des maladies de la peau; et si j'ai insisté plus qu'on ne l'avait fait jusqu'ici sur les précédents de cette éruption, sur sa durée, sur ses récidives, sur sa gravité particulière, je ne l'ai pas, pour cela, déplacé de la classe pathologique à laquelle il appartient si légitimement, de la classe des dermatoses. Les caractères objectifs que je lui ai tracés sont ceux, et ne sont que ceux attribués par tous les dermatologues aux affections de cet ordre. En un mot, il importe de le rappeler, c'est bien du classique *herpes preputialis* que j'ai entendu ici traiter.

Donc, l'herpès que nous décrivons a été considéré par tous les pathologistes comme une dermatose simple. Et la clinique confirme de toute sa puissance ce témoignage univoque de la tradition. Si une observation superficielle, égarée par le préjugé, y croit voir quelque chose d'analogue à la syphilis, l'observation vraiment médicale, indépendante, dissipe sans peine cette erreur. L'éruption d'herpès n'a ni les antécédents, ni l'aspect, ni la durée, ni le type essentiellement chronique, ni la propriété contagieuse des lésions syphilitiques. Il ne coïncide que tout à fait fortuitement, que très-rarement avec elles; — les topiques spéciaux, qui effacent si promptement les plaques ou papules syphilitiques, le laissent, lui, suivre librement son cours; — enfin le traitement général mercuriel ou iodé, qui met fin à chaque récidive de la syphilis, n'entrave jamais en rien les poussées de l'herpès. (C'est là un fait dont l'ignorance de certains malades avides de mercure nous a bien souvent permis de nous assurer.)

L'herpès n'est donc pas un symptôme de syphilis. Mais ne peut-il pas, néanmoins, quoique étranger à la maladie vénérienne virulente, appartenir à la classe des autres maladies vénériennes?

On évitera de tomber dans cette erreur si l'on considère : 1° qu'il n'est pas contagieux ; 2° qu'il a un siége d'élection, hors duquel on ne le rencontre jamais ; 3° et surtout qu'il ne se développe pas à la suite du coït, mais bien et seulement à la suite d'une maladie vénérienne.

— « Et cependant, — dira, et assez spécieusement, quelque clinicien subtil, — est-il rationnel, pour ces seuls motifs, de refuser une place à l'herpès récidivant parmi les maladies vénériennes? Est-ce que le bubon n'est pas décrit par les auteurs spéciaux, quoiqu'il apparaisse, non après le coït, mais après la chancrelle? Est-ce que l'épididymite ne rentre pas, elle aussi, dans le domaine des Cullerier, des Ricord, bien qu'elle ne soit qu'une phlegmasie simple, et bien qu'elle ne naisse jamais qu'à la suite d'une blennorrhagie? »

Sans doute, répondrions-nous. Mais l'herpès a,

dans son histoire séméiologique, deux points par lesquels il s'éloigne encore davantage des maladies vénériennes. Dans les exemples qu'on vient de citer, le bubon (je parle du vrai bubon suppuré, à pus inoculable) ne se lie qu'à la chancrelle, de même que l'épididymite ne se lie qu'à la blennorrhagie. Premier point. Puis, second point, une fois l'affection principale (chancrelle, blennorrhagie) terminée, celle qui en avait été la conséquence, le bubon, l'épididymite s'éteint aussi. La complication suit le sort du principal, sans renaître jamais, à moins que le sujet ne contracte à nouveau soit une chancrelle, soit une blennorrhagie.

Avec l'herpès rien de semblable. D'abord il peut survenir, et en réalité il survient après toute espèce de maladie vénérienne ou syphilitique primitive. En second lieu, une fois établi *à l'occasion* d'une lésion vénérienne ou syphilitique, il s'enracine, vit de sa vie propre, et continue à subsister sous sa forme particulière, c'est-à-dire à récidiver, quoique la lésion à la suite de laquelle il s'est montré soit finie depuis des mois et même depuis des années.

Nous touchons, ce me semble, à force d'éliminations, à la solution que nous poursuivons en ce moment. Déjà il est acquis que les diverses maladies vénériennes ne sont, pour l'herpès, qu'une *occasion* de se développer; qu'elles agissent en ce sens comme elles font, par exemple, chez d'autres sujets, pour donner lieu aux végétations, à la balanite, à l'intertrigo, à la leucorrhée...

Mais si la maladie vénérienne ne joue ici que le rôle de cause *occasionnelle*, quelle est donc la cause déterminante? Quel est l'état individuel en l'absence duquel l'éclosion de l'herpès récidivant n'aurait point lieu?

Cette cause, il ne faut ni ingéniosité d'esprit pour la découvrir, ni longs efforts d'observation pour la démontrer. Et si elle a échappé jusqu'ici à l'attention des cliniciens, c'est qu'aucun d'eux n'y avait encore sérieusement songé.

Il suffit, en effet, d'interroger, même du bout des lèvres, souvent de laisser parler, — et comment leur imposer silence? — les malheureux sujets atteints d'herpès pour constater la présence chez eux de la diathèse dartreuse. Tous, bien entendu, nient d'abord que leurs parents en aient eu le moindre vestige. — « Oh! monsieur, dans ma famille, nous sommes d'un sang pur! » — Telle est leur invariable réponse à toute question indiscrète sur l'état cutané de leurs auteurs. Et ce n'est que lorsqu'on leur a fait avouer, qu'on leur a révélé qu'ils portent eux-mêmes un eczéma à l'anus, aux bourses, à l'aisselle, un lichen dans la région sternale, des furfurs épars entre les cheveux, qu'ils conviennent que leur père pourrait bien, sans qu'ils s'en fussent, eux, doutés, avoir porté l'une de ces lésions, *lésion* qu'on sait si bien cacher à tout le monde que, parfois, on se la cache à soi-même.

Mais si la recherche de l'hérédité est quelquefois obscure, celle d'un herpétisme existant ou ayant existé chez le sujet lui-même donne, au contraire, un résultat à peu près constant. Ainsi :

A. Dans quelques cas, les symptômes cutanés ont existé jadis, anciennement ; puis ils s'étaient éteints avant que l'herpès ne parût. Mais la prédisposition diathésique n'en est pas pour cela moins avérée ; seulement, il faut au médecin beaucoup de patience, de ténacité interrogeante, pour arriver, sur ce point, à la vérité. D'emblée, le client répond invariablement par la négative ; ce n'est qu'après qu'il a été retourné, examiné, pressé, tourmenté, mis à la question plutôt que soumis aux questions, qu'il finit par avouer une dartre, par dire où cela le démange.

En voici un frappant exemple, littéralement transcrit de la conversation du malade et communiqué par M. Diday :

Obs. 5. — Un monsieur de trente-cinq ans, négociant, a eu, au commencement d'octobre 1866, un chancre qu'on lui a traité, à Besançon, par la cautérisation, faite d'abord avec le crayon, puis avec la solution de nitrate d'argent. L'ulcère dura près d'un mois.

A la fin de décembre, il y a une petite éruption insignifiante vers le filet, qui passe en quelques jours.

Le 27 février 1867, il vient me consulter pour deux plaques, l'une au limbe, l'autre au fourreau, plaques excoriées, croûteuses, qui datent de cinq jours, et qu'il a mises dans cet état en les touchant à plusieurs reprises avec l'alcool camphré.

Mais il sait très-bien me dire que, au début, il avait aperçu *un groupe de petits boutons, contenant une eau claire.*

C'était donc une deuxième poussée d'herpès type. Voulant vérifier l'étiologie, je demande à mon client :

« Et... n'avez-vous jamais eu de démangeaisons?

— Non, monsieur, jamais.

— Voyons! rappelez-vous bien... à l'anus!

— Ah! si fait, docteur, vous m'y faites penser Depuis cinq ou six ans, j'ai au fondement, et même aux bourses, une démangeaison qui est parfois intolérable!... »

J'y découvris, en effet, les marques, actuellement à l'état de vestiges, mais indubitables, d'un eczéma chronique de l'anus.

Vous l'entendez, voilà un homme raisonnable qui, lorsque je l'y fait penser, accuse une démangeaison *insupportable*, *existant depuis cinq ou six ans*, et qui, à ma première question : « Avez-vous des démangeaisons ? » n'en avait pas moins répondu nettement : « Non, monsieur, jamais ! »

B. Le plus souvent, au contraire, on peut, *hic* et *nunc*, au moment même de l'examen, vérifier l'existence de symptômes irrécusables de l'affection dartreuse ; l'eczéma, le lichen, le pytiriasis sont les plus ordinaires. Parfois les coïncidences habituelles sur le tégument interne se laissent aussi constater, telles que l'angine spéciale, les aphthes, le coryza ; des croûtes à l'entrée des narines, l'eczéma podicis, une conjonctivite tarsienne, forment l'intermédiaire entre les deux domaines, interne et externe, de la diathèse. En voici un instructif exemple :

M. R..., avocat, a, tous les deux ou trois mois, des herpès préputiaux survenus à la suite de chancrelles qui ont été cautérisées abortivement par M. Diday. Ce malade est également sujet, depuis son enfance, à des jetées eczémateuses sur le cuir chevelu et les doigts, mais avant sa maladie vénérienne, il n'avait jamais eu de manifestations herpétiques du côté des organes génitaux. Ce malade est venu aux eaux d'Uriage au mois de juillet 1863, et après une saison prolongée (40 jours environ) pendant laquelle il a eu une nouvelle attaque d'herpès, ce malade a été complétement guéri d'une indisposition qui persistait depuis trois ans malgré les médications les plus diverses qu'il avait employées.

C. Chez certains sujets, le rapport éclate encore plus saillant, plus indéniable, entre l'herpès récidivant et la disposition constitutionnelle : car ils racontent que leur dartre a cessé, mais qu'elle n'a cessé que depuis l'invasion de l'herpès. L'identité de nature entre les deux maladies ne saurait avoir de meilleure démonstration; car évidemment l'une n'a pu ainsi remplacer l'autre, la nouvelle n'a pu se substituer à l'ancienne que si elle avait les qualités d'un équivalent.

D. Enfin, cette détermination, comme toutes les autres, compte quelques cas embarrassants. Parfois, rarement il est vrai, on cherche vainement la dartre. Mais l'analogie éclaire l'investigateur; et, à la lumière des surabondants exemples où cette coïncidence s'accuse évidente, palpable, il arrive à comprendre, que si l'herpès récidivant est parfois la seule manifestation du principe dartreux, ce n'est pas là une raison pour nier, lorsqu'il en est ainsi, l'existence de ce principe.

E. Du reste, la vérité sort parfois spontanément de la bouche des malades :

Chez un jeune sujet à qui je cherchais à faire comprendre ce mélange habituel, et difficile à bien expliquer, de contagium et d'herpétisme, qui préside à l'engendrement de l'herpès, il m'interrompit en s'écriant : « Je sais ce que c'est, c'est un mal de » famille : mon frère a eu un herpès à la même place, » à la suite d'un chancre. »

Toutes les variétés de la dartre peuvent être causes suffisantes du développement de l'herpès. Ainsi chez un malade qui m'était adressé par M. le docteur Rollet, je constatai que depuis dix-huit à vingt ans il était sujet à l'herpès récidivant des parties génitales, dont la première poussée avait paru quelques semaines après un chancre simple. Il avait depuis longtemps un psoriasis siégeant surtout aux mains. L'herpès, il est vrai, avait beaucoup perdu de son intensité, car, au lieu de se reproduire quatre ou cinq fois par an, on ne le voyait plus depuis deux ou trois ans survenir qu'une fois environ chaque année.

Ici encore la cause occasionnelle est parfaitement évidente. Comme toujours, elle a été une maladie vénérienne ; et jamais auparavant, bien que la diathèse dartreuse fût des plus manifestes, il n'y avait eu de mouvement fluxionnaire du côté des organes génitaux.

Dans ce cas également, les eaux d'Uriage donnèrent les meilleurs résultats, l'herpès n'a plus reparu et le psoriasis même fut sensiblement amendé, du moins pour un certain temps.

Comme les autres jetées dartreuses, celles de l'*herpes preputialis* peuvent être provoquées par l'application de vésicatoires, de frictions à l'huile de croton, agents qui suscitent quelquefois des fluxions (surtout chez les sujets dartreux) dans des parties autres que celles où l'on a appliqué ces exutoires.

Le 23 septembre 1867, je vois un monsieur de vingt-sept ans qui, chancrelleux il y a vingt mois, avait eu ensuite trois ou quatre poussées d'herpès espacées tous les mois ou tous les deux mois (vus et traités par moi). Il était, depuis lors, resté près d'un an sans en avoir, lorsque il y a près de quatre semaines il prit une bronchite grave pour laquelle on lui mit un vésicatoire, un emplâtre de thapsia et on lui fit faire des frictions avec l'huile de croton, le tout sur la poitrine.

A la suite de cette médication, il revint un herpès assez intense, accompagné à son pourtour de balanite avec exulcération de la muqueuse. Je lui conseillai de ne pas guérir cette éruption qui pouvait remplir un but révulsif utile à l'état de sa poitrine. C'était la plus forte poussée qu'il eût encore eue, et elle était venue après un intervalle d'au moins six mois, à la suite des emplâtres, qui n'avaient produit dans leur voisinage aucune éruption.

Ainsi deux éléments distincts rendent compte de l'herpès récidivant : d'un côté, une prédisposition constitutionnelle antérieure; de l'autre, un accident local. Selon le point de vue doctrinal où l'on se place, l'un de ces éléments peut être réputé plus important que l'autre; mais leur existence simultanée à tous les deux est également nécessaire pour la production de l'herpès.

La maladie vénérienne n'agit ici qu'à titre de cause d'évolution. Elle ne détermine point une modification générale de l'organisme; elle ne fait en quelque sorte qu'établir un point d'élection pour la décharge locale d'une diathèse déjà préexistante. Ainsi que j'aime à le dire aux malades dans un langage à leur portée : « Le principe dartreux existait dans votre corps, et ne demandait qu'à faire irruption quelque part. Votre chancre, votre chaudepisse l'ont décidé à paraître à présent au lieu de plus tard, à se jeter sur la verge plutôt qu'ailleurs. Voilà tout. »

L'étude des fluxions dartreuses ne laisse pas de doute sur la réalité du rôle que joue ici une maladie vénérienne quelconque. Si une lésion accidentelle, passagère, si un simple traumatisme, ne deviennent que bien rarement l'occasion d'une jetée dartreuse sur le lieu où ils ont existé, il en est tout autrement d'une maladie persistante, d'une maladie qui, pendant un temps toujours assez long, concentre sur un point du tégument la double congestion sanguine et nerveuse. Ce sont là, on le sait, les stimulants les plus ordinaires qui attirent la dartre à se fixer en un endroit plutôt qu'en un autre. C'est sous l'empire de causes pareilles qu'on la voit se porter, se concentrer aux siéges où l'appelle ce genre d'excitants, aux doigts chez les épiciers, à l'anus chez les marcheurs, et — quant au siége — pour l'eczéma, aux plis de la saignée et au jarret pour le lichen.

Or aucune lésion, il faut le remarquer, n'a sous ce rapport la force des maladies vénériennes. Dans la sphère génitale, dans cette région douée d'une sensibilité exquise, d'une finesse, d'une vascularisation de téguments si notables, la dartre doit être attirée avec une préférence marquée. Mais pour qu'elle y vienne, il faut une *occasion*. Or, quelle occasion plus favorable, quel appel plus actif peut-on supposer, que celui qu'exercent des maladies qui, durant plusieurs semaines, durant plusieurs mois, mettent en jeu, surexcitent toutes les propriétés vitales, appellent sur un seul point de cet appareil les effets de l'innervation et de la circulation hyperesthésiées.

Il est digne de remarque, en effet, que les maladies vénériennes sont les seules affections des organes génitaux qui présentent réunies les conditions d'acuité et de durée qui sont propres à susciter une jetée herpétique. Il y a plus : on peut affirmer que, à l'âge où l'on observe l'herpès, les maladies vénériennes sont réellement et presque à la lettre les seules maladies qui attaquent l'appareil génital.

Mais, de ce fait que l'herpès succède toujours à un accident vénérien, gardons-nous de conclure qu'il est lui-même de nature vénérienne. Non : tout ce qu'il est vrai de dire, c'est que s'il succède à une maladie vénérienne, c'est que, à l'époque de la vie et dans la région où on l'observe, il n'y a pas d'autres maladies auxquelles il puisse succéder.

Un fait d'observation fournirait, s'il en était besoin, d'autres preuves de la justesse de cette interprétation. Si, comme nous le disons, l'herpès est, chez les sujets dartreux, suscité par la présence d'une maladie locale, plus cette maladie sera, de sa nature, longue, douloureuse, aiguë, plus elle devra avoir d'influence sur le développement de l'herpès. Eh bien! c'est justement ce qui a lieu; c'est pour ce motif sans doute que la chancrelle est beaucoup plus fréquemment suivie d'herpès que la blennorrhagie et surtout que le chancre syphilitique. La chancrelle se distingue, en effet, des deux autres lésions primitives par une concentration plus circonscrite sur un seul point du tégument qu'elle attaque dans toute son épaisseur et par la vive réaction locale qu'elle provoque; elle devait donc aussi, selon l'explication ci-dessus, se distinguer d'avec elles par un excès de force de procréation de notre herpès. Et c'est, en réalité, ce qui a lieu.

L'observation suivante est une nouvelle preuve du pouvoir herpétigène de la chancrelle; non-seulement elle vient démontrer la réalité du point de vue étiologique que nous avons essayé de faire ressortir, mais encore elle est un nouveau témoignage en faveur de l'efficacité réelle des eaux d'Uriage dans cette maladie.

Obs. 6. — M. G..., de Paris, âgé de trente-huit ans, voyageur de commerce, d'une bonne constitution, d'un tempérament lymphatico-nerveux, a été, de quatorze à vingt-huit ans, successivement atteint de quatre maladies vénériennes : balano-posthite, deux blennorrhagies, chancre simple. Depuis ce dernier accident (mais seulement depuis lors), survenu il y a dix ans environ, ce malade est sujet, tous les deux ou trois mois, à des jetées d'herpès *præputialis*, siégeant tantôt sur le fourreau de la verge, tantôt sur la muqueuse balano-préputiale. Ces plaques d'herpès se produisent plus intenses et plus fréquentes à la suite de voyages, d'excès de table, après des veilles.

Depuis cinq ou six ans, sous l'influence probable de chagrins et de contrariétés de tous genres, il est survenu un pityriasis sur toute la face antérieure des cuisses et sur le cuir chevelu, dont le système pileux commence à s'éclaircir d'une manière très-notable.

Après l'emploi de différents traitements dépuratifs, arsenic, etc., bains sulfureux artificiels, qui amenèrent une amélioration notable dans son affection pityriasique, mais qui ne parurent pas avoir d'influence appréciable sur les récidives de l'herpès, ce malade se décida, sur le conseil de son médecin ordinaire, à venir prendre les eaux d'Uriage.

Au moment où je le vis pour la première fois, M. G... n'avait pas eu de plaques d'herpès depuis un mois environ; la peau des membres inférieurs, et spécialement de la partie antérieure des cuisses, était sèche, rugueuse, recouverte de squames légères comme on en voit dans le pityriasis. — On pouvait constater les mêmes altérations sur le cuir chevelu, les cheveux étant déjà en grande partie tombés.

Je crus devoir lui conseiller le traitement suivant : Bains tièdes d'eau minérale tous les deux jours. Deux fois, chaque semaine, cinq ou six verres de la même eau ; les autres jours, deux demi-verres seulement ; enfin, bains locaux fréquents et lotions souvent renouvelées d'eau minérale.

En dehors des résultats favorables obtenus par l'emploi des eaux d'Uriage, ce fait tend à prouver le pouvoir herpétigène supérieur de la chancrelle, car seule elle produisit l'herpès, que, précédemment, deux ou trois accidents vénériens avaient été impuissants à déterminer.

Reste à expliquer pourquoi le chancre infectant est, de tous les accidents primitifs, celui qui est le plus rarement suivi de notre herpès récidivant.

Quelle raison peut-on donner de cette immunité, compensation bien légère, sans doute, à côté de l'intoxication profonde de l'organisme, qui est la conséquence du chancre huntérien ?

Cette immunité paraît exclusivement due à l'absence des phénomènes inflammatoires, le chancre induré, infectant se présentant souvent sous forme d'une simple érosion ; et, dans tous les cas, c'est de toutes les ulcérations celle qui est, localement parlant, la plus bénigne.

Obs. 7. — M. X..., jeune homme de vingt ans, d'un tempérament lymphatico-sanguin, contracte un chancre induré suivi d'une syphilis constitutionnelle, mais sans qu'il se produise une seule fois de l'herpès *præputialis*. Quatre ans après, il a une blennorrhagie des plus intenses, qui dure trois à quatre mois, et, peu de temps après sa guérison, il survient des herpès sur le gland, qui ont récidivé pendant trois ou quatre ans et dont la guérison n'a été définitive qu'après deux saisons aux eaux d'Uriage. Chez ce malade, je constatai en même temps du *pityriasis capitis*, mais je ne retrouvai pas chez lui ni dans ses ascendants d'autres témoignages de la diathèse dartreuse. Son grand-père seul avait la goutte à un degré très-prononcé.

Une autre cause, toute spéciale, ajoute encore, lorsqu'on la fait intervenir, à la propriété herpétigène très-prononcée, supérieure, que possèdent les chancrelles : c'est leur abortion ou leur cure trop rapide.

Voilà comment, au congrès de Bordeaux, M. Diday a résumé avec un laconisme dont la circonstance lui faisait un devoir, ses idées (développées, un an auparavant, à la Société de médecine de Lyon) sur cette cause, selon lui l'une des principales, de production de l'herpès récidivant :

« Rappelons-nous les lois de l'éclosion des végé-
» taux. Si plusieurs graines sont semées les unes à
» côté des autres, celle qu'on laisse se développer
» épuise à son profit et au préjudice des autres la
» propriété nutritive du terrain. Au contraire, l'ar-
» rête-t-on dans son cours? Alors, en périssant,
» elle permet un certain développement aux autres
» graines, qui sans cela auraient avorté.

» Eh bien! pour moi, les poussées d'herpès ne
» sont autre chose que l'éclosion imparfaite, ébau-
» chée, des graines de chancrelle, qui, déposées lors
» du coït, auraient été complétement étouffées par
» la végétation de l'une d'elles si l'on avait laissé
» cette végétation suivre son cours sans entraves. »

— Parmi beaucoup de faits dont les circonstances paraissent confirmer la justesse de cette explication, je relate le suivant :

Obs. 8. — En juin 1864, j'ai reçu la visite d'un employé de commerce qui, depuis trois ans environ, voit, trois ou quatre fois chaque année, apparaître de petites éruptions sur le gland ou le prépuce. Il ne se rappelle pas avoir jamais eu d'autres éruptions, si ce n'est quelques démangeaisons à l'anus. — Rien, dit-il, dans sa famille. — La première apparition de l'herpès est survenue quelques semaines après la guérison d'une chancrelle qui avait été cautérisée, avec la pâte de Canquoin, par un médecin de Lyon, et depuis lors les récidives se sont produites à des intervalles plus ou moins réguliers.

Le traitement thermal a donné ici les résultats les plus satisfaisants, car à part une poussée qu'il a eue deux mois environ après les eaux, ce malade, qui est encore revenu cette année à Uriage, n'a pas constaté d'autres réapparitions de son herpès.

Deux faits cliniques que je vais rapporter me paraissent de nature à prouver que cet herpès, comme il vient d'être dit, peut être favorisé dans son développement par l'éclosion de germes de chancrelles avortés.

D'abord, l'éruption dans ses retours successifs occupe presque toujours invariablement le même siége, une zone de 2 ou 3 centimètres carrés autour de la cicatrice de la chancrelle, siége qu'elle s'est pour ainsi dire choisi; et c'est dans cette sphère limitée que se produisent les éruptions avec une prédilection bien digne de remarque.

En second lieu, bien que l'éruption soit ordinairement très-légère quant à l'étendue, à la profondeur et à la durée de l'altération anatomique qui la constitue, les choses ne se passent constamment d'une manière aussi simple. On a vu, en effet, des cas où de véritables ulcères larges et persistant plus de quinze à vingt jours, se développent chez des sujets atteints d'herpès récidivant, sujets qui ne peuvent se rappeler absolument aucun rapport contagionnant, soit volontaire, soit accidentel, capable d'avoir été la cause de ces ulcères. Je citerai l'un des plus remarquables qui se soient présentés à mon observation.

Obs. 9. — M. X. avait eu une chancrelle que je détruisis le cinquième jour par la pâte de Canquoin. Depuis lors et pendant trois ans, il a eu des retours, tous les deux ou trois mois, d'une maladie que je ne pourrais appeler du nom d'herpès, sans sacrifier aux conventions syphiligraphiques toutes les exigences de la nomenclature des dermatoses. C'étaient en effet de véritables ulcères, se manifestant toujours au même endroit, et se cicatrisant d'eux-mêmes après avoir duré plus de trois semaines. Ils avaient l'aspect physique d'une chancrelle, moins cependant le décollement des bords. J'inoculai une fois le pus d'un de ces ulcères à la cuisse du malade, le résultat fut négatif. Je dois ajouter que ce malade, veuf et très-préoccupé de son état, ne voyait pas de femmes.

Un autre fait non moins significatif sous ce rapport, et qui démontre en même temps la non-contagiosité de l'herpès, est le suivant :

Obs. 10. — Au mois d'août 1863, je vois un monsieur de quarante-cinq ans, éprouvé anciennement par toutes sortes d'accidents simples et infectants, et qui est marié depuis huit ans. Il a depuis quatre à cinq ans, tous les mois, des boutons que, dans une nomenclature inspirée par son observation, il divise en *chancres volants* et en *boutons d'échauffement :* les premiers durent de quinze jours à trois semaines, les autres de cinq à six jours. Il a souvent fait cautériser les premiers par prudence. Ils viennent les uns et les autres après coït ou sans coït étranger ; mais quoiqu'il ait souvent vu sa femme, en ayant des uns ou des autres, il ne lui a jamais rien donné.

Nous allons voir dans le fait suivant l'épreuve et la contre-épreuve se succédant d'une manière aussi saisissante qu'on le puisse désirer.

Obs. 11. — Un malade eut en juin 1862 une chancrelle qu'il laissa guérir sans autre pansement que du vin aromatique ; elle dura six semaines. En octobre de la même année il en eut une au même endroit, sur le repli du gland, et qu'il traita immédiatement par des attouchements avec une forte solution de nitrate d'argent; celle-ci ne dura qu'une vingtaine de jours. Ce n'est que peu de temps après la cicatrisation de cette dernière chancrelle qu'il vit apparaître des éruptions d'herpès qui se succédèrent de mois en mois autour du siége de la chancrelle, éruptions dont la dernière a été constatée par moi et présentait tous les caractères du véritable herpès *præputialis*.

Un fait tout opposé prouve dans le même sens. S'il est vrai que, en réprimant une chancrelle, en en abrégeant artificiellement la durée, on la rende cause d'herpès ultérieur, cette cause, bien entendu, cessera d'exister si au contraire la chancrelle a suivi son libre cours. Allons plus loin dans cet ordre de déductions : on peut dire que les chances de voir l'herpès se développer sont en raison inverse de la durée de la chancrelle. Eh bien ! l'observation confirme ces prévisions, car je n'ai jamais vu, je n'ai jamais ouï parler d'herpès succédant au chancre phagédénique. Ici la nature s'est pleinement satisfaite sur place ; et en conséquence, elle ne montre plus par aucun signe qu'elle sente le besoin de décharges ultérieures.

Le *nisus formativus* de notre herpès peut sembler difficile à comprendre, en raison des deux éléments qui y ont chacun un rôle distinct, pour des esprits peu versés dans l'étude des lois pathologiques. Ce mécanisme étiologique n'a cependant rien qui répugne.

L'observation nous le montre à chaque instant en action dans la genèse des maladies dyscrasiques; et sans quitter le domaine de la spécialité, nous pouvons en citer deux exemples.

Les plaques opalines qui récidivent dans la bouche des *fumeurs syphilitiques*, cette peu dangereuse mais si tenace incommodité, dont l'histoire est à peine ébauchée, dont le spécifique est encore à découvrir, constitue, sous le rapport étiologique, le parfait analogue de notre herpès. Qu'un individu soit syphilitique; que, étant ainsi prédisposé, la fumée du tabac vienne à exercer sur sa muqueuse buccale une action irritante habituelle, et les plaques opalines se manifesteront, s'établiront là sous cette double influence, *diathésique* et *irritative*, comme l'herpès génital sous l'influence *dartreuse*, puis *fluxionnaire locale*.

Il en est de même d'une autre maladie, mieux connue, dont l'étude nosologique est toute d'actualité. Je veux parler du *rhumatisme blennorrhagique*. Quelque obscurité qui plane encore sur la cause de cette singulière complication, les praticiens du moins s'accordent sur un point : c'est que, dans un nombre donné de *blennorrhagiens*, elle n'apparaît que sur quelques-uns, c'est à-dire sur ceux qui sont prédisposés. Donc, ici comme pour les plaques des fumeurs, comme pour notre herpès, il y a, il faut deux choses :

la prédisposition d'abord; puis la cause d'appel qui met en jeu cette prédisposition pour déterminer la congestion locale. Seulement, dans l'arthrite blennorrhagique, la blennorrhagie uréthrale n'appelle pas les jetées fluxionnaires sur l'urèthre, mais sur les tissus organiques avec lesquels ce canal est en correspondance physiologique, sur les séreuses articulaire, cardiaque, oculaire.

En résumé : 1° une cause individuelle préexistante, prédisposante, la dartre; 2° une cause accidentelle occasionnelle, la congestion locale déterminée par une lésion vénérienne quelconque; voilà le mécanisme de la formation de l'herpès génital récidivant. Simple explication qui nous enseigne à la fois pourquoi notre herpès n'apparaît que chez les vénériens et pourquoi il n'apparaît que chez quelques vénériens, les vénériens nés dartreux.

PRONOSTIC.

Une lésion superficielle, circonscrite, de cinq jours de durée, sans réaction générale, sans effets consécutifs, voilà, à coup sûr, la plus légère des incommodités qu'on puisse découvrir dans le cadre nosologique. Aussi n'y a-t-il pas à s'étonner que sa bénignité l'ait jusqu'à présent soustraite aux investigations des auteurs, l'ait fait passer sous silence dans les traités de pathologie les plus complets.

Mais cette lésion est venue à la suite d'une maladie vénérienne!... Mais cette lésion siége sur les organes génitaux!... Mais ses récidives se manifestent ordinairement après le coït!... Il n'en faut pas davantage pour effrayer les gens du monde. Et, avouons-le, leur erreur est assez excusable; car bien souvent ces trois caractères ont suffi à des médecins pour placer dans la classe des maladies vénériennes les lésions les plus innocentes. Lisez plutôt l'histoire des végétations.

Aussi le pronostic du médecin spécialiste est-il bien rarement celui du client. Bien rarement, malgré tous ses efforts, malgré la raison qu'il a pleinement de son côté, le praticien le plus convaincu, le plus persuasif, parvient-il à faire partager sa sécurité au malheureux herpétifère : « Vous direz tout ce que vous voudrez, » docteur, nous répondent-ils invariablement; mais » je n'avais pas ces herpès avant mon *chancre volant;* » et, maintenant, je ne puis plus voir de femme sans » qu'ils reviennent; et, voyez, ils reviennent toujours » à la place où le chancre était! » — Aussi, même lorsqu'il a l'air de se rendre à nos démonstrations, le plus intelligent des clients conserve-t-il toujours, à cet égard, une arrière-pensée syphiliphobique; et tel homme qui accepte gaiement l'existence avec des furoncles ou des orgelets périodiques, avec une angine tous les trois ou quatre mois, avec un coryza, une diarrhée, des aphthes habituels, voit-il le calme de son existence empoisonné par une lésion beaucoup plus localisée, beaucoup plus passagère, plus facile à cacher, beaucoup moins incommode, en somme, que celles que je viens d'énumérer. Son avenir ne lui apparaît dès lors que sous les plus sombres couleurs, les joies de famille sont impossibles, la paternité un crime. Il néglige ses affaires, fuit ses proches, compromet sa fortune pour suivre les traitements dépuratifs les plus dispendieux..... et les plus inutiles. La résistance du mal aux spécifiques qui devrait lui prouver sa nature syphilitique, porte son désespoir au comble; et, comme la goutte militaire, l'herpès récidivant des parties génitales compte dans son histoire plus d'un suicide.

A part ces exagérations déraisonnables, c'est, il faut l'avouer, une assez désagréable infirmité que ces retours périodiques, incessants d'une fluxion qui vient mettre obstacle à la fonction qui s'accommode le plus mal de la périodicité, ainsi que des ajournements; et cela justement à l'âge où les stimulants à l'accomplissement de cette fonction sont les plus impérieux, où leur sollicitation est encore moins facile à prévoir qu'à éviter.

Il faut aussi mettre sur le compte de l'herpès les frayeurs trop souvent fondées qu'il donne lors de chacune de ses réapparitions. « Il est un âge, a dit » Ricord, où l'on est presque toujours au lendemain » ou au surlendemain d'un coït suspect. » C'est dire que, dans cette situation, le jeune homme qui voit se développer une rougeur, une vésicule sur la région balano-préputiale, n'est jamais sûr — à moins que l'expérience ne l'ait rendu passé maître en fait de diagnostic prévisionnel; — n'est jamais bien sûr, dis-je, que ce ne soit pas là le début d'une lésion plus sérieuse, d'un chancre. De là des angoisses qui durent jusqu'à ce que le mal ait revêtu ses caractères tranchés, ou plutôt jusqu'à ce que le médecin soit à même de reconnaître ces caractères; ce qui n'est pas la même chose : car, le plus souvent, un malade qui voit apparaître, après un coït suspect, une lésion douteuse, n'a pas de plus grande hâte que d'y appuyer fortement le crayon de nitrate d'argent. Et alors, les effets de la cautérisation masquant la marche naturelle de la maladie, il en a pour huit jours tout au moins avant de savoir au juste quelle était la nature de celle-ci ; huit jours de mortelles incertitudes, de transes que, en pareil cas, le coup d'œil du médecin le plus expert est inhabile à calmer avant que l'effet de la cautérisation se soit effacé.

Il est une face plus délicate de la question, qu'on ne saurait laisser de côté, quand on a été à même d'envisager tous les inconvénients de cette petite maladie. L'herpès n'est pas jugé seulement par le médecin et par le malade. Le conjoint de ce dernier a aussi son droit d'appréciation : et de là naissent souvent des désagréments inattendus, des conflits qui ne laissent pas d'avoir leur côté sérieux. Une femme qui, à un moment donné, se voit, contre toute habitude, négligée par son mari, en recherche la cause. Si elle la découvre, quoique ce ne soit qu'un très-innocent herpès, qu'une affection développée spontanément, peut-on affirmer qu'elle ne prendra pas le change ; qu'elle n'accusera pas son époux d'infidélité ; qu'elle ne le déclarera pas coupable, alors qu'il n'y aurait qu'à le plaindre comme récidiviste ?

Or, comme, malgré toutes les assurances du médecin, le malade voit ordinairement dans son herpès un mal contagieux, il redouble de précautions à l'égard de sa femme ; et celle-ci, qu'on délaisse par prudence, n'a que plus de raisons de s'apercevoir de cet abandon et d'en incriminer le motif.

Au résumé, notre herpès n'est rien, et il est tout. Il ne soulève, en fait, qu'une parcelle de l'épiderme; et il soulève, en droit, les questions pratiques, doctrinales, morales, les plus graves. Il est facile à un médecin de se convaincre de l'innocuité de ce *bobo :* mais il lui est bien autrement difficile d'en convaincre son malade. Et lorsqu'il croit, à force d'explications, y être parvenu, il s'aperçoit trop souvent que l'effet de son discours expire sur le seuil du cabinet ; car, à l'accès suivant d'herpès, il voit ordinairement son client revenir lui faire part des mêmes craintes qu'il croyait avoir détruites sans retour. Qu'il ne se décourage pas plus que le malade, pas plus que l'herpès. Ne nous lassons pas de dire la vérité. Arrosons sans relâche, arrosons à pleines mains ce sol ingrat. Qui sait si la seule goutte qui pénètre n'est pas celle qui fertilisera !

THÉRAPEUTIQUE.

Le traitement de l'*herpès récidivant* comprend trois indications, d'importance inégale, mais que le praticien doit toutes avoir en vue, ainsi :

Il faut, lorsqu'une maladie vénérienne se déclare, la traiter de façon qu'elle ne soit pas accompagnée ultérieurement d'herpès; — traitement prophylactique.

Il faut rendre chaque récidive d'herpès aussi courte, aussi simple que possible ; — traitement palliatif.

Il faut empêcher, ou tout au moins retarder les récidives; — traitement curatif.

§ 1. — Traitement prophylactique.

Règle générale, plus une maladie vénérienne dure, plus il y a chances qu'elle se complique ensuite d'herpès. L'expérience le prouve, et nous avons tout à l'heure cherché à expliquer, d'après la physiologie pathologique, pourquoi il en est ainsi.

Partant de ce fait d'observation, on serait donc

conduit à abréger le plus possible le cours de ces maladies; et l'emploi de la méthode abortive serait, en vue de la production de l'herpès, le moyen préventif par excellence!...

Mais l'élément *durée* ne joue dans cette étiologie ni le seul, ni le principal rôle. Et pour bien juger de ce qu'il y a de vrai dans la proposition précédente, il faut décomposer les éléments auxquels elle s'applique; et examiner successivement, à propos de chacun des trois accidents vénériens primitifs (chancre, blennorrhagie, chancrelle), jusqu'à quel point il est opportun d'appliquer à tel ou tel d'entre eux le traitement abortif, en vue d'empêcher le développement de l'herpès consécutif.

Pour le chancre, d'abord, j'entends pour le vrai chancre, le chancre syphilitique, autrement dit chancre infectant, on sait que l'abortion n'est pas possible. Il n'y a donc pas lieu de discuter si elle serait avantageuse. Mais, sans étouffer sur place le chancre avec ses conséquences, on peut bien s'arranger de manière à en abréger le cours autant que possible. Dans ce but, on ne le pansera qu'avec des médicaments simples, incapables d'y développer soit de l'irritation, soit du phagédénisme. De la charpie, soit enduite d'une pommade au calomel, soit mouillée de liqueur de Van Swieten, ou simplement de vin aromatique; constitue le meilleur topique. En traitant ainsi le chancre, certes, on ne peut dire qu'on l'enraye; mais du moins on ne le prolonge pas.

Quant à la blennorrhagie, comme on est exposé, si on ne l'arrête pas dès son début, à la voir persister pendant des mois et des années, à devenir, une fois guérie, cause prédisposante de nouvelles blennorrhagies, il est toujours indiqué d'essayer, quand le malade a consulté assez tôt, de la faire avorter à sa première période. En la coupant dès son début, on peut, il est vrai, dire en principe qu'on court les risques d'une répercussion susceptible d'engendrer des herpès. Mais en la laissant continuer, on aurait à appréhender d'autres inconvénients plus positifs, et, à notre point de vue, plus sérieux. Cette inflammation fixée sur les organes génitaux, y persévérant longtemps, les rendrait le centre, le foyer d'une congestion habituelle dont la nature aurait, même après guérison, quelque peine à perdre l'habitude. Et c'est dans un tel ensemble de conditions vitales, on le sait, que l'herpès trouve les causes qui l'engendrent le plus sûrement.

Tout bien pesé, en face d'une blennorrhagie commençante, il vaut donc mieux, en vue de la prophylaxie de l'herpès, *couper* que laisser *couler*.

La chancrelle prête à des conclusions moins théoriques. Ici, ce ne sont plus des présomptions qu'on peut alléguer, mais des faits qui s'imposent. D'abord, il est bien certain qu'on ne commence, en médecine, à s'occuper de l'*herpès récidivant*, qu'on n'a été amené à le regarder comme une maladie avec laquelle il faut compter, que depuis que la cautérisation abortive des chancrelles a pris faveur auprès des spécialistes, depuis surtout que cette méthode a été simplifiée par l'emploi, dans ce but, de la pâte de Canquoin. (Diday, 1849.)

En second lieu, je puis certifier que, parmi les cas nombreux d'herpès récidivant qui ont passé sous mes yeux, une proportion très-considérable, bien positivement plus de la moitié, m'a été offerte par des malades dont la chancrelle avait été d'emblée réprimée au moyen de la cautérisation destructive.

Eh bien! ou ce rapport de proportion implique un rapport de causalité; ou il sera désormais interdit, en médecine, de s'appuyer sur l'analogie! Pour moi, et j'ajoute pour tous les médecins qui sont en position de voir et qui voudront y regarder d'un peu près, le fait, non plus que ses conséquences, ne saurait être l'objet d'un doute.

Voilà donc comment les choses se succèdent dans la plupart de ces cas. Dix ou douze jours après la cautérisation, une cicatrice ferme et solide a remplacé l'ulcère. Le malade est satisfait, le médecin triomphe... Mais quinze ou vingt jours se passent, le client reparaît attristé : « Voyez donc, docteur, mon chancre est revenu ! » Et, en effet, à côté de la cicatrice, quelques vésicules ou de légères érosions apparaissent. Ce n'est point une chancrelle, c'est l'herpès qui commence ainsi, et en général par une première éruption assez mal définie, la série de ses interminables retours.

Mais, le fait étant démontré, la méthode abortive, l'abortion étant reconnue coupable de produire l'herpès, faut-il pour cela la condamner? Faut-il, en raison de ce seul grief, proscrire une médication qui empêche les chancrelles de durer, de s'étendre, de se multiplier, de produire des bubons, de devenir phagédéniques; une médication surtout qui, en abrégeant le cours de cette maladie contagieuse, met obstacle à sa transmission à d'autres individus?... La question est délicate.

Au point de vue social, pas d'hésitation possible. En cautérisant la chancrelle naissante, on tarit une source dangereuse de contagion; donc, il faut le faire toutes les fois qu'on le peut. Par conséquent, je ne balancerais pas à agir ainsi, soit sur les filles publiques et consortes, soit sur les jeunes gens qui me paraissent plus accessibles à l'aiguillon des sens qu'à la voix du devoir.

Mais, d'autre part, en me plaçant au point de vue de l'intérêt individuel, en ne prenant en main que la cause du client qui me consulte pour une chancrelle au début, j'avoue qu'il ne m'apparaît aucune règle de conduite bien fixe. Il est certain qu'un bubon, que le phagédénisme, évités par l'abortion, sont des accidents bien autrement graves que l'innocent herpès. Mais ces accidents n'ont qu'une durée limitée, et celle de l'herpès est indéfinie. Mais, avec des soins, on peut espérer de les conjurer, tandis que l'herpès menace, sans défense possible, tous les chancrelleux dont on fait avorter l'ulcère.

En somme, si j'avais à prendre mon parti pour un malade que je connusse parfaitement, lui et sa famille, qui fût exempt d'antécédents dartreux, je pratiquerais sur lui l'abortion de la chancrelle ; dans le cas contraire, j'aimerais mieux réprimer l'ulcère peu à peu par les pansements avec des caustiques affaiblis (la solution de nitrate d'argent au trentième). Je laisserais ainsi la maladie parcourir ses périodes normales en m'opposant par ces pansements à une durée excessive ; en surveillant avec soin les déviations et les extensions du mal local ; en empêchant le saignement du chancre, cause de bubon (Diday)... et le malade, une fois guéri, au bout de quatre ou cinq semaines, me saurait gré, j'en suis sûr, de l'avoir, au prix d'un assujettissement d'aussi peu de durée, soustrait aux anxiétés qu'engendrent, pendant une notable partie de l'existence, les incoercibles réapparitions de l'herpès.

§ 2. — Traitement palliatif.

Chaque récidive d'herpès contribue, pour sa part, à attirer de plus en plus vers l'appareil génital l'afflux sanguin et nerveux. Fille de la fluxion, elle en devient à son tour la mère.

Il importe donc, soit pour délivrer aussi vite que possible le malade d'un désagrément sensible quoique circonscrit, c'est-à-dire de la poussée d'herpès, soit afin de *décourager* l'habitude fluxionnaire, il importe de réprimer aussi promptement, aussi énergiquement qu'on le peut chaque nouvelle récidive. Appliquons avec soin cette médication palliative ; car elle ne remplit pas seulement un rôle d'utilité actuelle contre chaque éruption, elle est un des éléments indirects mais efficaces de la médication curative.

Chaque malade a son topique de prédilection pour triompher des réapparitions de l'herpès : chacun vante le sien comme souverain, et cela avec d'autant plus de confiance que, prenant son mal pour tout autre chose que ce qu'il est, il se persuade de très-bonne foi, à chaque nouvelle poussée, avoir fait avorter, en quelques jours, un véritable chancre !... L'eau blanche, une solution de tannin ou d'alun, l'eau étendue de vinaigre de toilette, d'alcool camphré, le vin aromatique, sont les remèdes les plus usités dans ce but. Un des meilleurs topiques que l'on puisse employer contre l'herpès *præputialis* est sans contredit l'eau d'Uriage : j'ai déjà vu de nombreux malades se louer de son action à la fois astringente et tonique.

M. F..., de Lyon, s'est guéri immédiatement d'une balanite chronique avec gerçures se compliquant parfois d'herpès et d'uréthrite herpétique de la fosse naviculaire, revenant au moindre coït, par l'application d'eau d'Uriage, qui lui a toujours donné de meilleurs résultats que les autres agents cathérétiques ou astringents.

Mais faut-il se borner à la classe des simples astringents, lesquels n'abrégent que d'un quart environ la durée de la fluxion herpétique ?... Je ne le pense pas. Une cautérisation légère remplit mieux notre objet ; elle le remplit plus simplement, et sans faire acheter sa supériorité par le moindre inconvénient.

C'est exclusivement au nitrate d'argent que je donne la préférence. Mais il faut l'employer avec ménagement et avec discernement. D'abord, je proscris absolument l'usage du *crayon*, de la pierre. Son principal désavantage est de donner lieu à une plaie qui dure tout autant, pour le moins, qu'aurait duré l'herpès lui-même. Je lui reproche aussi de défigurer pour plusieurs jours la lésion, au point que ni le malade, ni le médecin lui-même ne peuvent, au moment où ils y auraient le plus d'intérêt, savoir s'il s'agit bien d'un herpès ou si ce n'est pas une chancrelle qui, forcément méconnue durant ce temps, échappe ainsi aux moyens abortifs.

Il faut donc recourir à une préparation dans laquelle le caustique soit convenablement affaibli : de 4 à 8 décigrammes du sel lunaire sur 20 grammes d'eau ou d'axonge, selon la sensibilité des sujets et celle des régions, me semble une proportion suffisante.

Quand le mal siége sous la muqueuse, on imbibe de la solution un peu de charpie qu'on dépose à la surface malade, et que les plis naturels de la région, en revenant sur eux-mêmes, maintiennent en place.

S'agit-il au contraire d'un herpès siégeant sur le fourreau de la verge, en dehors des grandes lèvres? Le tégument externe veut être attaqué plus activement que le tissu muqueux. Il faut, dans ce cas, s'adresser à la pommade; la friction fera pénétrer le remède plus profondément.

Mais, dans quelque lieu, de quelque façon, et sous quelque forme médicamenteuse qu'on procède, je recommande, par-dessus tout, de ne pas insister sur la médication. Il serait absurde que les effets irritants du remède pussent se prolonger au delà du temps que la maladie, abandonnée à elle-même, aurait demandé pour guérir.

En conséquence de ce principe, je ne fais jamais plus de quatre ou six applications, soit du caustique liquide sur de la charpie, soit de la pommade en frictions ; et comme je les répète à douze heures d'intervalle l'une de l'autre, mon client a toujours fini, en deux jours avec le remède, en trois avec la maladie : j'entends avec les traces visibles de la maladie ; car ses effets sensibles, le prurit, la chaleur, la cuisson, ont cessé dès la première application du caustique.

Parmi les moyens palliatifs qui ont été encore préconisés, sinon contre l'herpès *præputialis*, du moins pour en atténuer les poussées, nous trouvons mentionné dans (*Heidelberg klinische Annalen*, tome V, 2ᵉ cah., page 277) un travail sur le lactucarium, par le docteur Rothamel, que ce médicament procure parfois du soulagement dans certaines affections de la peau, et que dans l'herpès *præputialis* entre autres il a été utile pour diminuer la douleur qui existe habituellement.

§ 3. — Traitement curatif.

Il existe plusieurs ordres de moyens pour s'opposer aux reproductions de l'herpès. Ainsi :

On peut se proposer de rendre moins sensible, moins impressionnable la partie du tégument sur laquelle ont lieu ces reproductions.

On peut se proposer de détourner la fluxion de ce lieu en l'attirant, par des dérivatifs, sur d'autres points de l'organisme.

On peut se proposer de rendre aussi peu fréquentes, aussi peu actives que possible les causes occasionnelles qui semblent le plus influer sur la répétition de l'herpès.

On peut se proposer de tonifier l'organisme, de le modifier dans le sens de la *reconstitution*, afin de le rendre moins accessible à l'influence morbide dont l'herpès est une manifestation.

On peut enfin, la cause intime de l'herpès étant connue, s'attaquer directement à cette cause, chercher à la neutraliser par les spécifiques desquels elle est justifiable.

Étudions successivement, d'après notre expérience, l'espèce, le mode d'application et surtout la valeur curative des agents qui se rattachent à ces cinq ordres d'indications.

1° Le durcissement, la *tannification* de la région tégumentaire où l'herpès s'enracine, est une méthode dictée par la nature elle-même. En effet, l'herpès s'observe rarement sur le tégument externe; et, quant à la muqueuse pénienne, il se rencontre avec une fréquence marquée sur la partie où cette membrane, adossée à elle-même, offre, à leur summum, les conditions de ténuité, de frottement, de chaleur, d'humidité qui sont le propre de cette sorte de tissus organiques, c'est-à-dire sur le reflet balano-préputial. Transformer, autant que possible, cette muqueuse en peau, est donc une idée qui vient à l'esprit de tout médecin, comme de tout malade un peu soigneux et un peu intelligent.

On en tente la réalisation par divers moyens. Le plus simple est d'interposer, à demeure, entre le gland et le prépuce, ou entre les deux côtés de la vulve, un linge de toile à demi usée, ou un peu de charpie sèche, qu'on renouvelle deux ou trois fois par jour.

Quelques individus essayent, dans ce même but, de tenir le gland constamment découvert : mais il est rare qu'ils résistent à la sensation pénible que les frottements de la chemise déterminent sur une partie qui n'est pas conformée de manière à les supporter. C'est le moyen en apparence le plus simple : c'est en réalité celui qui échoue le plus souvent.

Au lieu de porter la charpie sèche, on peut la mouiller d'astringents divers, solution de tannin, d'alun, de sulfate de zinc, d'acétate de plomb, vin aromatique, perchlorure de fer, alcoolé de guaco, solution d'extrait de ratanhia. Tous ces topiques ont leurs partisans : leur efficacité est à peu de chose près identique.

Un autre moyen, non moins préconisé et qui convient parfaitement aux surfaces très-sécrétantes, consiste à saupoudrer tous les matins la région herpétifiable d'un peu de calomel, ou de camphre, plus simplement de poudre de lycopode ou même d'amidon.

Je réalise le même but, en recommandant aux malades d'étendre une fois par jour sur le reflet, avec le bout du doigt, un peu du liniment suivant :

Glycérine................	30 grammes.
Tannin.............. ...	1 gramme.

Les moyens, on le voit ne manquent pas à la méthode. Mais la méthode répond-elle à l'indication ?

Quoiqu'elle ne soit pas absolument sans effet, et qu'on ne doive jamais se priver sans motifs du secours qu'elle prête, il faut avouer que la médication *tannifiante* ne remplit guère les espérances que l'on a fondées sur elle. Employée *avant la première apparition de l'herpès*, au moment où l'accident vénérien qui lui donne naissance ne s'est pas encore déclaré, il est assez présumable qu'elle en entraverait le développement ; car on voit encore beaucoup plus rarement l'herpès chez les circoncis que chez les autres. Mais une fois l'herpès déclaré, il devient, par lui-même, un obstacle à l'action, au succès des topiques dessiccatifs. Chaque fluxion ramène la congestion, l'habitude de la sécrétion sur cette membrane d'où l'on s'efforçait de les chasser. Est-ce assez de quelques modifications imprimées à la superficie du tégument pour lutter contre une force intérieure, contre un besoin incessant et profond de décharges tel que celui que crée dans la constitution l'existence d'une diathèse?..... Les armes ne sont rien moins qu'égales : aussi le résultat de la lutte ne saurait-il être douteux.

2° La méthode dérivative ne compte pas moins de partisans que la précédente, j'entends de partisans parmi les malades. « Si nous détournions cette humeur ! » répètent-ils au médecin avec une insistance croissante, à chacune de leurs nombreuses visites. Et les *mouches*, les vésicatoires, les *toiles souveraines* et autres; d'autre part, les purgatifs tantôt violents, tantôt salins, à doses perturbatrices ou réfractées, les sucs d'herbes, etc..., sont les agents ordinaires de cette médication. En effet, c'est sur le tégument et sur le tube intestinal que la dérivation est ordinairement pratiquée. Je n'ai pas vu l'appareil urinaire ou sudoripare être choisi pour en devenir le théâtre.

J'ai essayé, prodigué moi-même ces tentatives, soit à la pressante demande des malades, soit de mon propre mouvement ; en désespoir de cause, j'ai souvent employé les révulsifs cutanés, les purgatifs surtout, avec une énergie, une persistance incroyables. J'ai varié ces remèdes, leurs doses, leurs formes, leur temps d'application, selon toutes les combinaisons que m'inspiraient alternativement le découragement et l'espoir, que me permettaient, je ne dirai pas seulement la docilité, mais les pressantes provocations des malades.

Eh bien ! je le déclare hautement, s'il est dangereux de refuser cet essai aux clients qui le réclament, il serait compromettant d'y fonder le moindre espoir de succès. Dans cet ordre de moyens, je crois avoir tout tenté, et tout tenté sans résultat. Mais ce n'est pas le souvenir de ces échecs multipliés qui m'inspire seul un jugement aussi sévère.

En effet, la plus puissante des dérivations est bien assurément celle que la nature elle-même produit sous forme d'une maladie intercurrente... Eh bien ! celle-là même partage l'impuissance de nos méthodes artificielles. Que de fois n'ai-je pas vu un malheureux herpétique cesser, pendant plusieurs mois, ses visites dans mon cabinet. Déjà je le croyais guéri. Mais, revenant alors : « Docteur, me disait-il, j'ai eu un fort rhume, j'ai eu une courbature, un mal de gorge, une attaque dc rhumatisme, des furoncles, etc..., et pendant quelque temps je me suis bieu cru débarrassé de mon maudit herpès : mais je suis guéri et le voilà maintenant qui reparaît. »

Or, quand la nature échoue, nous pouvons bien nous consoler de notre impuissance : mais il faut au moins la constater, et, dans tous les cas, régler notre conduite sur la connaissance trop avérée que nous avons des lacunes de notre arsenal dérivatif.

Je ne veux pas, néanmoins, nier que l'organisme modifié ne puisse voir cesser cette *tendance à la répétition*, dont M. Baumès a si bieu fait ressortir le pouvoir morbigène. Mais il faut, pour opérer de tels effets, une perturbation profonde telle que les impriment, par exemple, la variole, la fièvre typhoïde, ou tout au moins le développement de l'état hémorrhoïdaire, de la lithiase. J'ai vu, en effet, l'herpès cesser ses récidives chez deux sujets à la suite d'une variole chez l'un, et chez l'autre d'une congestion hémorrhoïdale devenue permanente.

Mais, tout en admettant la puissance dérivative de troubles organiques semblables, je refuse d'y voir un remède. D'abord, ils ne sont point à notre portée.

Puis, alors même que nous pourrions en user, serait-il rationnel, serait-il vraiment médical d'échanger, pour notre client, une incommodité passagère dont son imagination alarmée sans motif fait presque toute la gravité, contre une affection aiguë, parfois mortelle, ou contre une infirmité dont les suites, les complications, compromettent parfois directement l'existence ?

3° L'influence des causes d'évolution sur les récidives d'herpès est manifeste. C'est, le plus ordinairement, après un coït, après une nuit d'insomnie, après un excès de boissons, que la fluxion périodique reparaît. Il semble donc rationnel, et en effet il est indiqué, de supprimer, tout au moins d'atténuer ou d'espacer l'action de ces diverses causes.

Mais, sous ce rapport, comme on s'adresse à la classe, à l'âge le plus réfractaire aux leçons, aux conseils de tempérance, il n'est pas inopportun de donner ici un petit avis qui, nous le croyons, pourra être profitable aux malades. Aucun des agents réputés dangereux ne l'est réellement en soi : il ne le devient que s'il est mis en œuvre sans mesure et surtout sans régularité.

En termes plus clairs, ni les alcooliques, ni les veilles, ni les rapports sexuels ne sont pernicieux.

L'excès seul, ou mieux ce qu'on nomme vulgairement les *excès* recèlent un péril.

Il y a plus : si par l'habitude vous vous êtes acclimaté à l'impression excitante que produit chacun de ces agents, vous pouvez désormais — dans une certaine mesure, bien entendu — les braver impunément.

C'est donc la modération et non l'abstinence qu'il faut recommander aux malades. J'insiste sur ce point, non pas pour me donner le renom d'un médecin accommodant avec les exigences de passions blâmables, mais parce qu'il y a, en fait, plus d'inconvénients, au point de vue spécial qui fait l'objet de cette étude, à être sobre ou continent avec excès qu'à user modérément de tout ce qui rentre dans le plan normal du fonctionnement physiologique. Les exemples à l'appui de cette thèse surabondent dans la pratique.

Ainsi, il n'est pas d'ouvrier, de paysan surtout qui, atteint d'herpès, ne croie bien faire en renonçant entièrement à l'usage du vin, même coupé. Il faut voir avec quel air de triomphe ils se vantent, devant vous, de ce retranchement opéré sur leurs habitudes antérieures !

Or, qu'en résulte-t-il ? D'abord, pour le présent, une chloro-anémie, qui rend leur hypochondrie aussi tenace que profonde. Puis, pour l'avenir, au moindre oubli, au plus léger écart de régime, alors même que la quantité de vin qu'ils boivent ne dépasse point celles qu'ils consommaient précédemment à leurs repas, l'herpès reparaît. Pour une constitution déshabituée aux excitants, une cause de moitié moins intense produira le même effet. On voulait guérir par la renonciation aux excitants : on y devient plus sensible; voilà tout ce qu'on a gagné. Le bûcher est desséché; jadis il aurait fallu une torche, il suffit maintenant d'une étincelle pour l'allumer !

Autre exemple non moins frappant de l'acclimatation, exemple qui peut servir de type à des cas extrêmement nombreux :

Obs. 12. — Un négociant de Lyon, dartreux de famille, âgé de vingt-sept ans, menait à grandes guides son existence de jeune homme. Il prit une, deux blennorrhagies, puis une chancrelle. Délivré enfin de ces accidents, il conserva un herpès.

Il avait successivement, parfois simultanément, de nombreuses relations avec ce que le demi-monde offre de plus séduisant. Pas une fleur fraîchement éclose sous l'engrais de ce potager, qu'il ne s'empressât de cueillir. Mais, à chaque nouvel amour couronné, un nouvel herpès venait, envahissant la couronne, assombrir les joies, entraver les fruits de la victoire. Il consultait immédiatement son médecin, faisait examiner par lui la femme, qui toujours était reconnue saine. Puis, au bout de quatre ou cinq jours, tout était terminé,.... jusqu'à une prochaine conquête.

Notre malade avait bien cru observer que tant qu'il restait, non pas continent mais *fidèle*, l'herpès ne reparaissait pas. Seulement, voltigeant sans cesse, il n'avait pas eu bien souvent l'occasion de vérifier complétement la portée de cette remarque.

Cependant, tout a un terme, même la jeunesse. Le négociant en question, ayant dépassé de quelques années la trentaine, se maria. Il fit plus, il demeura constant. Et, dès lors, sans autres médications, sans même qu'il ait, sous d'autres rapports, réformé son existence toujours émaillée de divers *extra*, de veilles, de voyages, d'insomnies, l'herpès n'a pas reparu.

Ainsi l'hygiène préventive de l'herpès est beaucoup moins sévère, moins onéreuse que ne se le figurent les malades et les médecins. Il n'est point nécessaire de se priver, et ceci expose même indirectement à des dangers, l'abstinence absolue entraînant presque immanquablement, tôt ou tard, une grave infraction ; il suffit d'user avec une certaine réserve, et surtout avec une certaine périodicité.

tenace que profonde. Puis, pour l'avenir, au c'est
oubli, au plus léger écart de régime, al empé-
que la quantité de vin qu'ils boivent ne d' eaucoup
celles qu'ils consommaient précéder un conseil
repas, l'herpès reparaît. Pour une co ons médico-
bituée aux excitants, une cause de uée à la vie de
tense produira le même effet. On temps que le plus
la renonciation aux excitants : o t cette utile trans-
sible; voilà tout ce qu'on a
desséché; jadis il aurait fal efois sur le pouvoir de
maintenant d'une étincelle quée ainsi que je viens de

Autre exemple non m urner, espacer les récidives,
tation, exemple qui pe les faire cesser, en suppri-
extrêmement nombre dentelle qui préside au déve-

Obs. 12. — Un r d'elles. Mais hélas ! ce fait
famille, âgé de ving tion. Le plus ordinairement on
son existence de apaisement, qu'une diminution
blennorrhagies, son extinction complète. Il en est
de ces acciden , d'ailleurs, comme de toutes les

Il avait su les jetées en évitant toute influence
nombreuse le pouvez. Mais peu à peu la force
offre de croît en se condensant. L'absence d'oc-
éclose charge ne fait qu'augmenter sa puissance
pressât , et au premier moment elle éclate.
cour -nous fait observer, en traçant ci-dessus
cou empirique de l'herpès récidivant, que lorsque

tour périodique est arrivée,
.. époque est dépassée
..ndre cause suffit pour
fluxion. Il arrive même
père sans que le malade le
appeler y avoir donné lieu par
..e régime.

..nismes débilités sont particulièrement
..aux influences morbides. Je ne prétends
. cette remarque banale à force d'être juste,
..r que l'affaiblissement d'un sujet suffise pour
r chez lui une dyscrasie spéciale, une diathèse.
..on : il faut, pour que la diathèse naisse, un germe, une cause spécifique, que les influences morbigènes vulgaires ne sauraient suppléer.

Mais il n'en est pas moins vrai que l'individu, une fois au pouvoir de la diathèse, verra les manifestations de celle-ci sévir sur lui avec d'autant plus de fréquence, avec d'autant plus d'intensité, que sa constitution opsera moins de résistance, en d'autres termes, qu'il sera plus débilité.

On observe cette coïncidence de la façon la plus saisissante dans la syphilis. Comme les divers symptômes de cette diathèse suivent d'ordinaire une marche assez réglée, comme d'ailleurs le degré d'intensité de ses accidents consécutifs répond en général au degré d'intensité de l'accident primitif, on peut dès le début de la maladie prévoir quelle doit être sa gravité (à ne la considérer, en ce moment, que dans sa cause seule), et il est par conséquent aisé de faire ensuite la part de ce qui tient à l'individu infecté, d'apprécier dans quelle proportion la force ou la faiblesse, antérieures ou acquises, de sa constitution, diminuent ou augmentent l'intensité des accidents généraux.

Eh bien! tous les syphiligraphes sont d'accord sur ce double point :

A. Que la syphilis déploie d'autant plus de rigueur, de ténacité, que le sujet qu'elle atteint était préalablement plus affaibli; B. que chez le même sujet on voit, durant le cours de la syphilis, les manifestations constitutionnelles, qui étaient pendant plus ou moins longtemps demeurées latentes, réapparaître justement au moment où quelque cause affaiblissante, un chagrin, des veilles, une maladie fébrile intercurrente, sont venues porter atteinte à ses forces.

La syphilis, bien entendu, ne figure dans cette argumentation que comme terme de comparaison; car, nous le savons, il n'y a rien de moins syphilitique que l'herpès. J'ai voulu seulement montrer — par l'exemple d'une autre diathèse bien connue et très-facile à suivre dans son évolution, à cause de la lenteur, des longues intermissions de sa marche, — quelle influence les variabilités de résistance de l'organisme peuvent exercer sur la fréquence et la gravité des poussées herpétiques.

Un mot ici sur ce qui s'observe de semblable dans le cours des affections dartreuses.

Mon observation directe a plusieurs fois confirmé ce que l'analogie suggère. Plusieurs fois, c'est en rétablissant l'équilibre dans les fonctions réparatrices, en régularisant la nutrition, en veillant à ce que le travail de recomposition s'opère normalement, qu'on réussira à guérir l'herpès récidivant.

Obs. 13. — J'en ai eu tout récemment un exemple chez un jeune Allemand. Arrivé à Lyon depuis huit mois pour tenir un mince emploi chez l'un de nos banquiers, il avait, dès les premiers jours, été atteint d'une chancrelle, puis d'herpès qui se reproduisaient presque tous les mois. Après les moyens astringents locaux employés sans succès, je remarquai que le pauvre jeune homme avait dépéri. Vivant seul, mal nourri, tué de travail, rongé, quoi que je pusse dire, par l'appréhension de la syphilis, il avait maigri, pâli, était devenu sujet à l'essoufflement, aux palpitations, à l'insomnie. Mais plus il s'étiolait, plus fleurissaient répétées et obstinées les poussées de l'herpès.

J'entrepris résolûment, d'abord, sa conversion morale, et dépensai pour le tranquilliser le peu d'allemand que je possède et tout le français qu'il pouvait comprendre. Je le persuadai, non sans peine, que l'argent avec lequel il payait à son pharmacien les innombrables bouteilles d'un inutile sirop dépuratif, serait bien mieux employé en déjeuners dans un bon restaurant, arrosés de bon beaujolais coupé d'eau de Saint-Alban. Je le mis au lait d'ânesse et en rapport avec quelques-uns de ses compatriotes. Bref, régénéré, reprenant des couleurs, son ancien appétit et quelque gaieté, il vit peu à peu les récidives de l'herpès s'éloigner..... Je n'ose dire qu'elles aient disparu pour toujours; car je pense bien qu'une saison d'Uriage sera nécessaire pour en venir tout à fait à bout.

L'enseignement à tirer de ces cas ne se borne pas à un précepte positif : il renferme aussi une interdiction. Ceci nous apprend, en effet, que les toniques, les reconstituants, administrés, soit par le pharmacien, soit selon les règles de l'hygiène, sont un adjuvant toujours utile, quelquefois indispensable de la médication principale, que nous examinerons tout à l'heure. Mais ceci prouve, non moins clairement, que les purgatifs, les boissons délayantes, dont on gorge nos malheureux herpétiques ne sont pas seulement inutiles; que, en qualité d'agents spoliateurs débilitants, ils vont directement contre le but que tout médecin doit se proposer.

Il importe de formuler catégoriquement cette sentence, de la faire entendre aussi haut que l'empirisme, l'ignorance, la cupidité, répètent leurs annonces. Il faut qu'on sache que, — hors leurs indications véritables suggérées exceptionnellement par un état saburral des voies digestives, — les purgations qui, entre les mains des charlatans, constituent l'antidote banal de toutes les maladies un peu tenaces, de l'herpès en particulier, ne servent jamais à rien, peuvent souvent nuire, et concourent à entretenir la maladie plus qu'à la faire disparaître. Ce n'est pas seulement au nom des vraisemblances théoriques, c'est au nom d'une vérité pratique bien souvent rendue évidente sous mes yeux par l'interrogatoire ou par le récit spontané des malades, que j'énonce cette conclusion, partie importante quoique purement négative de la thérapeutique de l'herpès.

5° Écartons avant tout, écartons formellement, sans restrictions ni réserves, l'indication des antisyphilitiques. Il ne saurait être en aucun cas question d'opposer à l'herpès une semblable médication; et si jadis, en présence de blennorrhées rebelles, on a cru pouvoir conseiller l'emploi des mercuriaux, nous répugnons à croire que les récidives fréquentes de l'herpès et les sollicitations réitérées des malades puissent aujourd'hui être aux yeux d'un praticien quelconque une raison suffisante pour le décider à conseiller l'emploi des spécifiques.

Cependant le plus grand nombre des individus affectés d'*herpes præputialis* sont profondément convaincus de l'idée que la vérole est seule capable de déterminer ces jetées qui, tous les deux ou trois mois, se reproduisent sans aucune nouvelle cause appréciable. C'est parmi les porteurs de cette pénible incommodité que se recrutent la plupart des syphilimanes ; tristes victimes qui, repoussées par les spécialistes consciencieux, deviennent les meilleurs et les plus fructueux clients de tous les prôneurs de tisanes et de sirops *sans mercure*, dont les annonces s'étalent sur les murs de toutes les villes, des moindres hameaux et sur la quatrième page de tous les journaux.

Or, il n'est pas aussi facile qu'on pourrait le croire de faire renoncer ces malheureux au traitement antivénérien. Nul raisonnement ne peut triompher de l'inquiétude que laisse dans leur esprit ce mal : 1° qui reparaît sans cesse à deux ou trois mois d'intervalle, époque habituelle des poussées successives de la syphilis; 2° dont les éclosions viennent toujours aux parties génitales, dont le mercure seul, par conséquent est, selon eux, capable de vaincre la persistance. On ne sait pas assez jusqu'où la persuasion qu'ils sont vraiment affectés de la vérole peut pousser ces pauvres syphiliphobes qui rencontrent si rarement dans le cabinet du médecin la pitié dont ils sont si dignes.

Obs. 14. — M. de H., âgé de quarante ans, d'une constitution robuste, d'un tempérament lympathico-sanguin, né, dit-il, de parents parfaitement sains et n'ayant jamais eu d'affections cutanées, contracte en juin 1863 des ulcérations du gland, pour lesquelles on lui fit suivre pendant un mois un traitement par les pilules de Dupuytren.

Six semaines après la guérison de ces premiers accidents, il survint sur le prépuce une éruption parfaitement circonscrite et dans laquelle, d'après la description du malade, il serait impossible de voir autre chose qu'un *herpes præputialis*.

A partir de ce moment jusqu'au mois de juillet 1864, c'est-à-dire pendant un an, il est survenu régulièrement tous les deux mois des jetées herpétiformes semblables en tout à la première. Et cela, malgré les précautions les plus minutieuses, les soins de propreté les plus exagérés et les médications les plus variées.

Profondément convaincu par les retours successifs de ce mal que le traitement mercuriel du début avait été insuffisant (et cependant il est plus que probable que le malade avait eu simplement des chancrelles), il suivit, dans le courant de l'année, une nouvelle médication spécifique dont les résultats furent entièrement négatifs.

Très-affecté de son état, n'ayant pas revu de femmes depuis ce moment et croyant que le mariage lui était dans ces conditions à jamais interdit, il se décida, sur le conseil du docteur Demarquay, à se rendre aux eaux de Luchon. Après un traitement thermal de vingt-cinq jours parfaitement suivi, il obtint un premier résultat; les plaques d'herpès, au lieu de revenir tous les deux mois, ne se montrèrent plus que tous les quatre mois, et encore remarqua-t-il une diminution dans leur intensité.

L'année suivante il vint à Uriage : et, en présence des résultats déjà obtenus aux Pyrénées, je conseillai une saison prolongée. Le malade prit quarante bains, se purgea régulièrement deux fois chaque semaine et les autres jours prit de l'eau à petite dose. Vers le dix-huitième jour, il survint une éruption légère sur le gland, mais elle fut très-éphémère, et depuis cette époque, il y a de cela deux ans, la guérison ne s'est pas démentie.

Avant de se rendre aux eaux de Luchon, M. de H. était tellement désespéré de son état, qu'il considérait comme la conséquence d'une infection générale et incurable, que, à plusieurs reprises, il avait eu des idées de suicide.

Mais c'est assez combattre l'erreur; il faut maintenant édifier après avoir démoli, il faut enfin formuler les indications de la médecine curative.

Or, l'indication fondamentale, chez les porteurs d'herpès génital récidivant, est de combattre le vice dartreux ; et je ne serai pas plus démenti par les médecins que par les malades, pas plus par le raisonnement que par l'expérience, si j'affirme que certaines eaux minérales, celles d'Uriage en particulier, constituent le moyen par excellence de remplir ce but essentiel.

Comment agissent-elles dans ce cas ?... En scrutant leurs propriétés comme en les voyant opérer, on reconnaît en elles plusieurs modes d'action distincts. Soit par leur pouvoir dérivatif, soit par leurs qualités reconstituantes, elles se montrent efficaces à divers degrés, utiles dans telles ou telles circonstances qu'il importe de bien analyser.

Ainsi, d'abord, prises en boisson à dose purgative, elles déterminent une révulsion salutaire qui, répétée deux ou trois fois chaque semaine, augmente notablement les sécrétions de l'intestin sans provoquer d'irritation, et par suite déplace le mouvement fluxionnaire.

Mais, si cet acte dérivateur est incontestablement d'un précieux secours, s'il offre dans beaucoup de cas la valeur d'un agent principal, dans presque tous celle d'un adjuvant des plus utiles, il est certain aussi que, bues à petite dose (deux ou trois demi-verres dans le cours de la journée), les eaux d'Uriage devront être un puissant auxiliaire pour modifier l'organisme dans le sens de la reconstitution, base indispensable du traitement chez certains malades. L'effet produit de cette manière est d'autant plus décisif, qu'il est plus lent, plus incessant. C'est presque le procédé de l'absorption naturelle. Le médicament est ainsi introduit dans l'économie sans provoquer par la pénétration plus de réaction que n'en provoque l'aliment.

Sous forme de bains généraux, ces eaux sont également très-avantageuses, surtout chez les individus dont la peau a été antérieurement ou est encore le siége de manifestations dartreuses. Il y a ici effet de contact et effet d'absorption.

D'ailleurs, ces bains, pris à une température modérée, sont essentiellement reconstituants. Ils ont toujours une action fortifiante; la stimulation simplement tonique qu'ils déterminent se traduit par une vigueur plus grande et une activité plus marquée de toutes les fonctions.

Mais, si l'eau d'Uriage employée à l'extérieur exerce sur les sécrétions et les exhalations une influence des plus manifestes; si, par exemple, les sécrétions de l'appareil digestif peuvent, sous l'influence de ces bains, être augmentées ou modifiées au point, comme je l'ai vu quelquefois et comme l'avait déjà signalé M. Gerdy, de produire une légère purgation, n'est-il pas évident que, même par ce mode d'administration, elle doit déterminer sur les fonctions digestives et nutritives une modification aussi réelle qu'elle est bienfaisante?

Cette même influence ne s'exerce-t-elle pas aussi, et à un degré encore plus prononcé, plus évident sur le système urinaire?... La réponse est donnée par l'observation la plus vulgaire. Tous les baigneurs d'Uriage ont depuis longtemps remarqué qu'ils urinent plus abondamment, pendant et après les bains minéralisés, que lorsqu'ils prennent des bains d'eau commune.

Enfin, les phénomènes les plus importants, les plus apparents se produisent sur l'enveloppe tégumentaire. Les fonctions de la peau s'accroissent notablement, sans que pour cela on ait, au début du traitement, à redouter cette vive excitation qui, dans d'autres thermes, survient toujours au tégument sous l'influence des eaux simplement sulfureuses. Grâce à la composition mixte de nos sources, on voit les inflammations cutanées les plus intenses supporter parfaitement les bains d'Uriage et guérir le plus souvent sans que, à aucune période du traitement, l'irritation ait dépassé les limites habituelles d'une substitution sans durée et sans péril. — Dans une autre étude plus générale consacrée à l'emploi des eaux d'Uriage pour le traitement des affections cutanées, je reviendrai sur ce mode particulier d'action propre à notre important agent thérapeutique.

Or, dans le cas spécial dont il s'agit, ne résulte-t-il pas évidemment des notions précédentes que l'eau d'Uriage, *intùs* et *extùs*, répond à toutes les indications qui découlent de l'étude de l'herpès génital récidivant?... Et si nous sommes entré si longuement dans l'appréciation de toutes les questions que soulève ce point intéressant de pathologie spéciale, c'est que nous avions à cœur de montrer que les faits cliniques et le raisonnement basé sur la considération des effets physiologiques et thérapeutiques de nos eaux sont d'accord pour justifier le seul mode de traitement qui, jusqu'à ce jour, ait donné des résultats satisfaisants.

Les bains locaux, les douches, au besoin, concourent aussi à la guérison de l'herpès préputialis. Ils peuvent réaliser ce but de deux manières : soit à faible dose, par une action topique antipsorique qui affaiblit les poussées existantes, ou prévient celles à venir en atténuant la susceptibilité morbide de la muqueuse balano-préputiale ou vulvaire ; soit à plus forte dose, en excitant dans la région une suractivité vitale qui précipite les poussées herpétiques et fait, si je puis ainsi dire, que le génie morbide est forcé de dépenser là, coup sur coup, dans l'espace d'un ou deux mois, tout ce que, au grand désespoir du malade, il aurait parcimonieusement laissé sortir en un ou deux ans, à intervalles éloignés. Je reviendrai tout à l'heure sur l'explication ainsi que sur les conséquences de cet effet particulier des eaux.

D'ailleurs ces propriétés diverses ne doivent être ni isolées arbitrairement, ni groupées selon la loi banale d'une formule identique, ni surtout provoquées au hasard. Bien au contraire, le traitement minéral a toujours été appliqué par nous suivant les indications présentées par chaque malade en particulier. Les antécédents du sujet, sa constitution, son tempérament, la marche et la résistance variables de sa lésion génitale, ses autres maladies habituelles, fluxions ou dispositions morbides antérieures, etc., suggèrent suffisamment au médecin la voie que celui-ci devra suivre ; et il sera toujours facile de discerner de quel côté et sur quel système la médication hydro-minérale devra être de préférence dirigée. Est-il besoin d'ajouter qu'on ne doit pas pour cela renoncer à s'éclairer plus complétement, par l'observation des effets qu'on voit les premières applications de la médication thermale produire tant sur la maladie que sur le malade?

Enfin, en dehors de l'effet, soit purgatif, soit dépuratif, soit reconstituant de l'eau d'Uriage, j'ai observé un autre mode d'action dont je tiens à dire un mot. J'ai vu, tant pendant la saison qu'immédiatement après, une recrudescence positive de l'état local. Les éruptions sont alors plus fréquentes, plus actives, plus durables; elles affectent alors un caractère plus franchement eczémateux ou dartreux. Ce changement est dû à l'excitation thermale, à cette activité nouvelle que les eaux impriment à toutes les fonctions et particulièrement à celles de la peau. C'est là une espèce de crise irritative voulue par la nature ; crise défavorable en apparence, mais au fond salutaire, car le plus souvent une guérison solide a été la conséquence définitive de cette exacerbation temporaire.

Enfin, une condition essentielle pour le succès c'est d'exécuter des traitements prolongés; règle, d'ailleurs, indispensable toutes les fois qu'il s'agit d'affections dartreuses anciennes. On ne parvient à transformer les dispositions de l'organisme, — qui sont ici à la fois héréditaires et acquises, — qu'en continuant la médication pendant un temps convenable.

Or, c'est-là, il faut l'avouer, une des plus grandes difficultés et en même temps une des plus délicates questions de la médecine thermale. Quelque intelligents qu'on les suppose, les malades ne comprennent pas toujours que, pour une affection datant de plus de deux ans, il faille consacrer au traitement plus de vingt jours ; ou, s'ils se l'avouent tout bas à eux-mêmes, bien rarement ils mettent, sur ce point, leur conduite d'accord avec leur conviction.

Ici, surtout, la maladie que nous combattons est essentiellement rebelle ; et c'est même sa tendance constante à la récidive, qui constitue un des côtés les plus pénibles et les plus fâcheux de cette affection. Disons-le donc hautement : si nous avons obtenu des résultats satisfaisants, nous le devons, pour une bonne part du moins, à l'administration longtemps continuée des eaux.

Comment, en effet, rompre une habitude vicieuse, détourner un mouvement fluxionnaire que tant de motifs sollicitent à se diriger sur un point, si nous ne créons pas une dérivation durable, et surtout si nous ne modifions pas profondément l'état général sous l'empire duquel se renouvellent les décharges herpétiques?

L'observation suivante viendra à l'appui de ce précepte, à la fois si simple et si souvent enfreint : que le traitement doit avoir une durée proportionnée à celle de la cause occasionnelle.

Obs. 15. — M. P. eut en 1857 et en 1858, plusieurs blennorrhagies qui se succédèrent presque sans interruption ; peut-être même n'en eut-il qu'une seule sans cesse ravivée par de nouvelles contagions.

Vers la fin de 1858, il vit pour la première fois apparaître une petite éruption sur le gland, pour laquelle il consulta M. Diday, qui, ayant reconnu un herpès préputialis, lui conseilla quelques moyens locaux. A partir de ce moment, il eut à plusieurs reprises, tous les trois ou quatre mois, des jetées herpétiques, dont il avait bien vite appris à reconnaître la nature, mais dont les retours successifs le désespéraient. Il s'adressa de nouveau au savant chirurgien de l'Antiquaille, qui lui conseilla une saison aux eaux d'Uriage.

M. P. arriva à Uriage au mois de juillet 1859, et à ce moment il se trouvait justement porteur d'une plaque d'herpès siégeant à la face interne du prépuce. Je ne constatai chez lui aucunes traces de la diathèse dartreuse ; il était seulement doué d'un tempérament très-lymphatique et me raconta que depuis sa première blennorrhagie, il avait conservé une très-grande disposition aux inflammations de la muqueuse uréthro-préputiale. Il ignorait complétement si ses parents présentaient des signes de maladies cutanées.

Les bains minéraux, l'eau en boisson à dose purgative et réfractée furent régulièrement pris pendant un mois. Il ne survint pas de nouvelles jetées pendant le traitement, ni même deux ou trois mois après. Cependant, dans le cours de l'année 1860, il eut encore deux poussées de l'herpès génital récidivant et cela chaque fois après s'être exposé à des rapports suspects. Voulant à tout prix se débarrasser d'une aussi fâcheuse incommodité, il vint de nouveau à Uriage en 1860, et cette fois la guérison a été définitive, car depuis cette époque (et j'ai encore revu M. P. cette année) c'est à peine s'il a eu une ou deux récidives en sept ans. Cette fois, il est vrai, le malade prit les eaux pendant quarante à quarante-cinq jours, et je suis convaincu que ce n'est qu'à cette saison prolongée qu'il dut sa guérison complète. Je ne doute pas du reste, que s'il eût agi ainsi dès la première année, le résultat n'eût été encore plus satisfaisant.

Obs. 16. — M. S., âgé de quarante ans, d'un tempérament lymphatique et nerveux, a eu, en 1851, un chancre, qu'il dit avoir été induré, mais qui, également selon son propre témoignage, n'a pas été suivi d'accidents constitutionnels ayant nécessité un traitement. En 1857, il contracte une blennorrhagie qui se compliqua quelque temps après d'une épididymite. Trois ou quatre mois après, il survient pour la première fois un herpès preputialis dont les récidives se succèdent à d'assez longs intervalles. En 1859, M. S. est atteint d'une irritation pharyngienne, pour laquelle il se rend à Aix, et dont le traitement thermal, combiné à celui des eaux de Marlioz, fait bonne et prompte justice ; les herpès ne paraissent pas sensiblement modifiés dans leur évolution. En 1861, à la suite de préoccupations d'affaires, de veilles, d'un régime excitant, il survient un eczéma du front et des paupières pour lequel M. S. se décida, la même année, à venir faire une saison à Uriage. D'ailleurs sous l'influence d'écarts de régime répétés, l'herpès revient plus fréquemment qu'auparavant, mais en conservant toujours sa forme caractéristique, malgré le réveil de la diathèse dartreuse, dont la préexistence ne saurait être niée, car le malade est en outre atteint depuis son enfance d'un pityriasis capitis, qui a déterminé la chute presque complète des cheveux.

Je conseillai à M. S. de faire une longue saison, et j'eus la satisfaction, après qu'il eut pris quarante-cinq bains, d'enregistrer une guérison complète, dont la solidité n'a été que confirmée par le temps, malgré les épreuves d'une vie assez agitée.

Obs. 17. — Un homme du monde, très-intelligent, était devenu syphiliphobe à un très-haut degré, sous l'influence d'un herpès génital récidivant, dont les continuelles réapparitions autour de la région contaminée lui paraissaient une preuve irréfutable d'infection générale, et cela malgré tous les raisonnements et les conseils de son médecin.

Dans ces conjonctures, et après avoir inutilement essayé les dépuratifs les plus variés, les sucs de plantes, les robs de toute nature, ce malade vint faire une saison à Uriage.

Un traitement de trente-cinq jours, suivi avec la plus scrupuleuse régularité, fit disparaître cette fâcheuse et si pénible tendance aux répétitions de la fluxion herpétique. Depuis cette époque, aucune inflammation de la peau n'est venue rappeler au malade les angoisses par lesquelles il avait passé. Du moins pendant les deux années qui ont suivi l'emploi des eaux, ce malade n'a pas eu de rechute; depuis je ne l'ai pas revu.

J'ai toujours remarqué à Uriage, — et cela est vrai,

je crois, pour la plupart des eaux minérales, — qu'il y a tout avantage, dans un premier séjour, à continuer l'emploi des eaux pendant le temps nécessaire, temps que l'expérience seule peut établir suivant les indications. Dans une seconde année, on ne voit pas ordinairement ces changements profonds et rapides qui surviennent chez ceux dont l'organisme n'a pas encore été influencé par les eaux minérales. Les manifestations diathésiques sont alors beaucoup plus longues à disparaître et elles ne cèdent souvent qu'avec une grande difficulté. Tandis que, lorque dès le début en y mettant la persévérance nécessaire, on a profondément modifié l'organisme, si plus tard il y a des rechutes, des récidives, elles ne se produisent qu'avec bien moins d'intensité, et sont dans tous les cas beaucoup plus faciles à faire disparaître. Il n'y a donc ici qu'avantage à frapper tout d'abord un grand coup.

Ainsi, par exemple, dans le fait suivant, une saison plus prolongée, ou même deux saisons dans la même année, eussent probablement amené un résultat définitif, au lieu d'une simple amélioration.

Obs. 18. — M. D., d'une bonne constitution, n'ayant jamais eu d'affections cutanées et dont les parents sont parfaitement sains, contracte en 1858 des chancres simples, qui sont pansés avec une solution concentrée de nitrate d'argent. Sous l'influence de cette médication, il survint un érythème très-intense et très-pénible, qui envahit toute la région génitale. Toutefois, sous l'influence d'un traitement émollient, l'inflammation érythémateuse disparut, mais il survint à sa place des plaques d'herpès très-circonscrites siégeant dans le sillon balano-préputial et dont les fréquentes récidives devinrent bientôt un sujet d'incessantes préoccupations.

Comme tous les traitements semblaient impuissants à enrayer ce mal, son médecin, M. le docteur Morel, praticien distingué de Lyon, se décida à l'envoyer à Uriage. Une première saison de vingt-cinq jours produisit une notable amélioration ; l'herpès, au lieu de reparaître tous les mois ou toutes les six semaines, ne se montra dès lors plus que deux ou trois fois dans le cours de l'année suivante.

Les choses restèrent en cet état pendant toute l'année 1859. Mais voyant que l'amélioration obtenue n'avait nullement progressé, il se décida à venir faire une longue saison qui, cette fois, fut couronnée d'un succès complet.

Si dans certains cas, il y a avantage à partager le traitement thermal en deux fois dans la même année et à un intervalle convenable, il n'en est pas ainsi pour la maladie dont nous parlons.

En général, on doit interrompre la médication thermale lorsque des poussées trop violentes rendent le traitement douloureux pour le malade et que l'inflammation tégumentaire semble entretenue par la continuation des moyens employés, ou bien encore lorsque la maladie reste stationnaire malgré la persistance du traitement et surtout malgré les changements qu'on peut lui faire subir. Dans ces cas, il y a souvent opportunité à laisser les malades se reposer quelque temps, et surtout à donner à l'économie la possibilité de devenir de nouveau impressionnable à l'action des eaux. Mais, je le répète, ceci peut être applicable aux dartres très-étendues et non aux maladies dont il est actuellement question. Il n'y a donc lieu de tolérer le fractionnement du traitement en deux saisons que chez les personnes que leurs occupations mettent dans l'impossibilité de faire autrement, c'est-à-dire de faire mieux.

Comme contre-partie de l'observation précédente, je rapporterai le fait suivant. Il sera la preuve de l'efficacité d'une seule mais longue saison, dans un cas rebelle, mais où, il est vrai, il n'y avait pas d'antécédents dartreux, du moins apparents.

Obs. 19. — M. G..., de Marseille, d'une bonne constitution, d'un tempérament lymphatico-sanguin, contracte une blennorrhagie simple au mois de novembre 1861 qui persiste jusqu'au mois d'août 1862. Pas d'autres accidents vénériens. Depuis la guérison de son écoulement, apparition environ tous les mois d'herpès preputialis siégeant spécialement dans un point du sillon balano-préputial. État général satisfaisant; pas d'autres manifestations cutanées qu'un acné des épaules. Au moment de son arrivée à Uriage, l'herpès durait depuis 18 mois et, ajoutait le médecin qui me l'adressait : « Si l'herpès va s'atténuant un » peu, sous le rapport de la largeur et de la durée » des vésicules ulcérées, il ne s'est nullement mo- » difié sous le rapport de la fréquence de leurs » réapparitions. Dans les premiers temps, l'exulcé- » ration consécutive aux vésicules simulait une chan- » crelle. »

Notons encore, bien que cela ne soit plus nécessaire, que la cause de production de l'herpès est ici des plus évidentes. La fluxion qui, pendant plusieurs mois, s'est trouvée dirigée vers la sphère génitale, est incontestablement la cause occasionnelle de l'herpès. Sans cette circonstance, on peut affirmer qu'il n'aurait jamais eu lieu chez ce sujet.

Les eaux d'Uriage sont très-bien supportées; et on pourrait presque juger des tourments et des ennuis que donne l'herpès génital récidivant par la bonne volonté, je dirai même par l'empressement avec lesquels les malades se résignent à faire de longues saisons, — que je regarde, dans ce cas, comme indispensables, — du moment où on leur fait entrevoir la possibilité d'une guérison radicale.

Chez M. G.., la récompense de sa docilité ne s'est pas démentie plus qu'elle ne s'est fait attendre; et depuis son séjour à Uriage, depuis six ans, les herpès ne se sont plus reproduits.

La théorie qui attribue l'herpès à la germination successive de germes de chancrelles, qui n'avaient qu'incomplétement avorté, trouve dans de pareils faits un argument plausible en faveur de sa justesse. L'efficacité du pouvoir excitant des eaux s'y dévoile dans toute son évidence. Si donc, après cette exaspération momentanée, la maladie est soit guérie, soit très-notablement atténuée, c'est parce que la propriété stimulante des eaux a précipité l'éclosion de tous les germes qui, à ce moment, étaient presque mûrs, et a ainsi débarrassé la région de la présence de ceux qui auraient ensuite mis un temps plus ou moins long à éclore (1).

(1) L'auteur de la théorie que je mentionne, M. Diday, avait pressenti cette conséquence, ou plutôt il l'avait déduite de l'observation de quelques cas heureusement modifiés par l'excitation minérale d'Uriage. Et c'est d'après un raisonnement tout semblable à celui-ci qu'il avait, dans son mémoire, conseillé, sur la région où reviennent les herpès, l'application

L'observation suivante semble venir à l'appui de l'opinion professée par notre savant maître : en ce que les eaux auraient eu un effet favorisant l'éclosion des germes semi-avortés.

OBS. 20. — « M. P., de Lyon, a eu une syphilis constitutionnelle en 1854, dont il n'a été traité (vu une grande disposition au ptyalisme) que par des doses peu considérables de mercure. Il a néanmoins guéri, solidement selon moi ; et il n'a besoin des eaux d'Uriage que pour un herpès, à retours assez rares, venu à la suite des lésions locales qui précèdent la syphilis, mais n'ayant aucun rapport étiologique avec cette dernière affection. »

Le malade, qui m'était recommandé en ces termes par un de nos plus éminents spécialistes, présentait seulement un pityriasis du cuir chevelu. En raison des circonstances spéciales qui n'avaient pas permis un traitement prolongé par les préparations mercurielles, je crus devoir pousser un peu énergiquement à la peau en conseillant quelques bains de vapeur pour voir si la guérison était complète. Il ne survint rien de spécifique ; mais après un traitement thermal d'un

d'un vésicatoire, afin de décider la germination immédiate de toutes les graines de chancrelle qui y sont déposées et qui y attendent parfois si longtemps le moment de leur éclosion, quand cette éclosion est abandonnée aux soins de la nature, au hasard des causes occasionnelles vulgaires.

mois, ce malade eut, une fois rentré chez lui, trois ou quatre poussées d'herpès qui se succédèrent à deux ou trois semaines d'intervalle, et depuis cette époque il n'a pas eu de nouvelles manifestations de l'herpès récidivant dont la première apparition remontait à six ans, puisque c'est seulement au mois de juillet 1860 qu'il vint à Uriage.

J'avoue que dans cette circonstance, s'il est possible d'admettre que les eaux ont provoqué l'éclosion des germes de chancrelle, il me paraît plus naturel cependant de considérer ces jetées consécutives comme des poussées ou des phénomènes critiques déterminés par la médication antérieure. Sous l'influence du traitement hydro-minéral d'Uriage, il n'est pas rare, en effet, de voir survenir de pareilles fluxions tantôt pendant l'emploi des eaux, tantôt après qu'on en a cessé l'usage. Mais il est certain que ces phénomènes de *poussée* peuvent aussi revêtir des formes très-diverses ; qu'on les observe principalement chez les personnes affectées de maladies de la peau ; que souvent enfin elles se développent avec une assez grande énergie après la cessation des bains; soit que pendant le séjour des malades aux eaux, il n'y ait point eu de recrudescences, soit que ces manifestations ne se soient produites qu'incomplétement.

Dans le cas suivant, nous allons voir, en effet, chez

un malade affecté de diathèse dartreuse, un herpès survenir comme toujours après un accident vénérien, la guérison se produire après une saison à Uriage et dans les conditions que nous signalons.

Obs. 21. — M. F..., âgé de vingt-cinq ans, d'un tempérament lymphatique, a eu à plusieurs reprises, et sur diverses parties du corps, des éruptions de nature eczémateuse. Son père, mort il y a plusieurs années, avait, dit-il, des démangeaisons à la peau, sans cependant qu'il lui soit possible de nous préciser s'il avait une affection cutanée proprement dite.

Il y a deux ans, il contracta une blennorrhagie qui persista pendant près de quatre mois. Peu de temps après la guérison de son écoulement, il vit survenir, tous les deux ou trois mois, tantôt sur la muqueuse balano-préputiale, tantôt sur le fourreau de la verge, des plaques parfaitement circonscrites de petites vésicules dont la durée ne dépassait pas huit à dix jours. Malgré les soins de propreté les plus minutieux et les moyens locaux les plus variés, cette pénible incommodité n'a pas cessé de se reproduire pendant près d'un an et demi. Les récidives sont fréquentes, opiniâtres, aussi M. F..., en présence de l'insuccès de tous les autres traitements, se décide-t-il à venir à Uriage.

La médication thermale (bains, purgations, eau

en boisson à petite dose) est suivie pendant près de quarante jours avec le plus grand soin. Pendant le traitement il ne survient aucune poussée, mais environ deux mois après son retour, M. F... m'écrit pour me dire qu'il lui est survenu, dans l'espace d'un mois, trois poussées d'herpès qui se sont succédé presque sans interruption. Depuis ce moment, il n'a jamais éprouvé de rechute.

N'est-il pas rationnel de considérer ici la guérison comme due à une de ces crises salutaires comme les eaux minérales, et en particulier celles d'Uriage, en occasionnent souvent? Ici, c'est l'organe contaminé qui est le siége de ces jetées énergiques et réitérées par lesquelles se juge la maladie. N'est-ce pas là un mouvement fluxionnaire qui vient en quelque sorte débarrasser l'économie d'un principe morbide qui menaçait de se perpétuer? Ne peut-on pas, en un mot, assimiler cette poussée aux évacuations critiques que les anciens avaient notées comme la phase salutaire d'affections graves?... Mais quelle que soit l'interprétation qu'on adopte, la théorie des crises ou celle des germes, le fait subsiste dans toute son importance et s'accompagne toujours de résultats définitifs, essentiellement favorables.

Je pourrais rapporter un plus grand nombre d'observations qui toutes démontreraient et l'utilité des eaux d'Uriage, et l'importance de saisons suffisamment prolongées. Je me bornerai à cette dernière.

Obs. 22. — M. V. E..., de Marseille, âgé de vingt-cinq ans, d'un tempérament lymphatico-sanguin, n'a jamais eu d'affections cutanées ; « ses parents sont d'un sang très-pur », se plaît-il à répéter. Il y a deux ans, à l'occasion d'un chancre, il lui est survenu sur le prépuce des jetées herpétiformes dont les nombreuses récidives ont été particulièrement désagréables à ce malade par les inquiétudes aussi vives que mal fondées dont elles devenaient pour lui la cause incessante.

L'accident vénérien avait été un chancre perforant (par conséquent chancrelle) du filet. A partir de ce moment, un herpès accompagné de gerçures se produisit, tous les quinze ou vingt jours, sur la muqueuse balano-préputiale. Cet état persista pendant un an environ, malgré les soins les plus minutieux.

Étant alors venu à Lyon, il suivit pendant plusieurs mois un traitement par le nitrate d'argent et le glycérolé de tannin que lui conseilla M. le docteur Diday. Sous l'influence de ces agents cathérétiques et astringents, l'herpès ne revint plus que toutes les six semaines.

Sur le conseil de notre distingué confrère, M. V. E. se décida à venir le printemps suivant à Uriage où l'usage des eaux, prises à dose altérante, à dose purgative et en bains, fut suivi des effets les plus sensibles et les plus avantageux.

Vers le milieu de la cure il se produisit une nouvelle plaque d'herpès, mais ce fut la dernière.

Notons que dans ce cas encore, la saison fut très-prolongée : aussi le succès a-t-il été complet.

J'ai résumé toutes les explications; j'ai fait tour à tour intervenir toutes les probabilités théoriques, je me suis adressé aux divers modes d'action de nos eaux pour rendre rationnellement compte de l'influence si favorable, si manifestement favorable qu'elles exercent sur la marche de l'herpès génital récidivant. Mais dépuration, dérivation, reconstitution, sédation directe, hypérémie substitutive, ce ne sont là que des explications, vraisemblables sans doute mais en réalité hypothétiques, de la guérison par Uriage de l'herpès preputialis; et je ne voudrais pas que la démonstration du fait expérimental souffrît de l'insuffisance de la théorie qui se propose de l'interpréter. Cette théorie, en effet, se ressent toujours plus ou moins de l'habileté de la plume qui la formule; or, il ne faudrait pas, j'aurais trop à regretter, qu'une médication, qui possède une valeur irrécusable, périclitât par la faute de son préconisateur. Disons-le donc nettement : en dehors, au-dessus de toutes les hypothèses, il y a ce fait brut, ce grand fait : l'herpès, qui ne guérit pas par les médications ordinaires, guérit à Uriage.

C'est à Lyon, dans cette école syphiligraphique dont l'autorité est aujourd'hui si universellement acceptée, que la nature de l'herpès a été étudiée, reconnue ; c'est dans la conversation, dans les pressants conseils, les affectueux encouragements de mes maîtres que j'ai moi-même puisé l'idée d'entreprendre la monographie qu'on vient de lire : et si j'ai pu tracer avec ressemblance le tableau de cette affection, ce n'est que d'après les nombreux échantillons qui, sur leur recommandation expresse, viennent chaque année affluer à Uriage. Et il faut véritablement que l'appropriation du remède au mal soit bien intime, bien tranchée pour que, mus par le seul désir de se débarrasser d'une incommodité en réalité aussi faible, on voit, chaque année, tant de personnes interrompre, pendant cinq ou six semaines, leurs occupations pour venir suivre le traitement minéral !... Un motif bien simple peut seul rendre, rend effectivement compte de cette conduite : contre leur herpès, ils ont déjà essayé de tout, et de tout sans succès. Ils savent qu'Uriage, par sa vertu anti-dartreuse directe, les guérira ; et ils y viennent avec une confiance que presque jamais l'événement jusqu'ici n'a trahie.

En résumé :

Pas d'autre cause de la persistance de l'herpès que le vice dartreux ;

Et pas d'autre traitement curatif pour cette affection que les eaux minérales, notamment que les eaux chlorurées sodiques, sulfureuses, d'Uriage.

Voilà deux propositions dont chacune est à la fois démontrée par la physiologie pathologique, par les faits bruts, ainsi que par les faits rationnellement interprétés.

Ces deux propositions, essentiellement corrélatives, s'appellent, s'appuient, se corrobent mutuellement. Il m'est donc permis de conclure en toute assurance que, en s'étayant sur elles, la pathogénie et la thérapeutique de l'herpès génital récidivant sont aujourd'hui constituées.

FIN.

Paris. — Imprimerie de E. MARTINET, rue Mignon, 2.

CPSIA information can be obtained
at www.ICGtesting.com
Printed in the USA
LVHW032043030223
738618LV00002B/222

9 783382 204990